青春文庫

想いがつのる日本の古典！

妖しい愛の物語

古典の謎研究会［編］

青春出版社

はじめに

「愛《いと》し」という字はかつて「かなし」と読まれていた。相手に強く惹《ひ》かれ、いとおしく思い、逢えないときには切なさで胸がいっぱいになる。自分でも制御することのできない感情を表した言葉は、やがて「哀《かな》しい」という言葉へと変わっていった。そして、そのような激しい感情を特別な相手に対して抱くことを「恋」と呼んだ。

美しく、ときに残酷なこの感情は、古来、多くの人間を翻弄《ほんろう》してきた。

また、かつて闇《やみ》が近くにあった生活のなかで、人間に恐怖を与え、災厄《さいやく》をもたらす存在だった妖異《ようい》。また、人と縁《えん》をつないでいた神や仏、彼らも人間と同じように感情を持ち、身を焦《こ》がす恋に翻弄されたようだ。日本の古典には、人間と妖異の「恋愛」を描いた物語が数多くある。

愛し合う二人が幸せな結末を迎えたこともあれば、一方的な片想《かたおも》いのために不幸になることもある。人間と妖異という違いから、相手のことを想い、自ら身を引いたものもいれば、恐ろしいほどの執着心《しゅうちゃくしん》で愛した相手を追い回したものもいる。

本書が焦点を当てたのは、そうした美しくも残酷で、何よりも魅力的な人間と妖異が織り成す恋愛・婚姻譚《こんいんたん》だ。一風変わった幻想世界の恋愛譚を堪能《たんのう》して頂ければ幸いである。

想いがつのる日本の古典! 妖しい愛の物語●目次

はじめに　3

第一章　怨の章

第一話【道成寺の蛇妖】愛しさをつのらせその姿を蛇に変えた女　10
出典:『今昔物語集』巻十四之第三

第二話【牡丹燈籠】見初めた男を棺のなかに引きずり込んだ白骨の女　20
出典:『伽婢子』巻之三

第三話【女鯉】人間の男に恋をした雌鯉の嫉妬　35
出典:『西鶴諸国ばなし』巻四

第四話 【鬼となった恋文】無下にされた想いが一休を襲う 40
出典：『諸国百物語』

第二章 哀の章

第五話 【葛の葉】助けた狐と愛を育んだ安倍晴明の父 48
出典：『信太妻』

第六話 【玉水物語】お姫様に恋をした狐の切なくも美しい物語 58
出典：『御伽草子』

第七話 【雪女】殺すはずの男を二度も見逃した女妖の儚い想い 66
出典：『怪談　雪女』

第八話 【犬婿】夫となった犬を殺された妻の復讐譚 76
出典：『宿直草』巻之四

第九話【オシラ様】許されぬ恋の果てに空に駆け昇った馬と娘　82
出典：『遠野物語』

第十話【早梅花の精】開善寺に伝わる梅の花の精と武将の一夜の恋　86
出典：『伽婢子』巻之十二

第三章　怖の章

第十一話【染殿の后】美しい后への妄執から自らを鬼に変えた僧侶　96
出典：『今昔物語集』巻之第二〇第七

第十二話【悪鬼に喰われた娘】珠のように育てられた娘を襲った初夜の惨劇　106
出典：『日本霊異記』中巻第三十三

第十三話【蛇性の婬】夢見がちな青年が恋をした美しくも邪な神　111
出典：『雨月物語』巻之四

第十四話【女の生首】断ち斬られた生首と愛を語り合った修行僧 122
出典：『新御伽婢子』

第四章 妖の章

第十五話【黒姫と黒龍】龍の化身に魅入られ空高く連れ去られた美しい姫 132
出典：『信濃奇勝録』

第十六話【三輪山の蛇神】美少年に変化した蛇身の神と巫女の恋愛譚 143
出典：『古事記』

第十七話【狐女房】「きつね」の名前に込められた人間と狐の夫婦の絆 149
出典：『日本霊異記』

第十八話【浦島子】「浦島太郎伝説」と異なる蓬莱山の仙女の物語 153
出典：『古事談』

第十九話【人魚】不義の子として生まれた人魚と冴えない男の恋愛譚　159
出典：『箱入娘面屋人魚』
第二十話【立烏帽子】平安屈指の勇者にその身を捧げた天竺の鬼女　164
出典：『田村三代記』
第二十一話【吉祥天】人間の想いに応えた天女の嫉妬心　180
出典：『古本説話集』第六十二
出典解説　186

カバー&本文イラスト　三好載克
本文デザイン・DTP　ハッシィ

第一章 怨の章

第一話

道成寺の蛇妖

愛しさをつのらせその姿を蛇に変えた女

出典

『今昔物語集』巻十四之第三

能の「道成寺《どうじょうじ》」や、歌舞伎の「娘《むすめ》道成寺」の原話となったのが「安珍《あんちん》・清姫《きよひめ》」伝説である。道成寺は大宝《たいほう》元年（七〇一）の創建とされる寺で、現在も和歌山県田辺《たなべ》市に伝わっている。

旅の僧・安珍にひと目惚《めぼ》れした清姫という女性が、妄執《もうしゅう》に取《と》り憑《つ》かれて大蛇へと姿を変えて安珍に追いすがり、ついには紀州《きしゅう》の道成寺にて襲いかかるストーリーである。

この物語の祖型と考えられるのが、『今昔物語集《こんじゃくものがたりしゅう》』巻《かん》十四に収録される「紀伊国《きいのくに》道成寺僧写法花救蛇語《どうじょうじのそうほうくえをうつしてじゃをすくうのこと》」の物語である。

平安の頃、紀州国牟婁郡《むろのこおり》（現在の和歌山県田辺市中辺路《なかへじ》）にある一軒の家を二人の僧が訪ねてきた。一人は年老いた僧で、もう一人は若い僧だ。熊野詣《くまのもうで》に向かう途中であったが、日も暮れてきたために一夜の宿を借りたいという。

家には、若い寡婦《かふ》が二、三人の下女《げじょ》とともに住んでいた。

女は、玄関口に立つ若い僧の姿をひと目見るや、あまりに美しい容姿に心を奪われてしまった。

……なんて美しい若者だろう。

同時に彼女の心にもたげてきたのは、愛欲《あいよく》の情であった。女は若い僧の歓心《かんしん》を得るべく、甲斐甲斐《かいがい》しく世話をし、下女たちとともに二人の僧を精一杯にもてなした。もてなしを受けた僧たちは女主人に慇懃《いんぎん》に礼を言うと、やがて床《とこ》に就《つ》いた。

夜も更《ふ》けた頃、若い僧はふと人の気配を感じて目を覚ました。そこで僧が目にしたのは、先ほどの女主人の姿である。大いに狼狽《ろうばい》する僧に、女は膝《ひざ》を寄せた。

「私は、これまで人を家に泊めたことはありません。それでもあなた方をお泊めしようと思ったのは、昼間、あなたの姿を見て、この方を私の夫にしようと心に強く誓ったからでございます。私はその想《おも》いをかなえるために、あなたのおそばに参りました。夫もなきやもめの身である私を哀れと思い、どうか想いを聞き入れてくださいまし」

女は哀願《あいがん》するように想いのたけを若い僧に伝えると、その身を若い僧に向けて投げ出してきたのである。

しかし、僧は彼女を受け入れなかった。すぐさま起き上がり、床の上に座ると、彼女に諦《あきら》めてもらうよう説得を始めた。

「私には宿願《しゅくがん》があります。そのために身心の精進《しょうじん》を保ち、長い道中を旅して熊野詣に向かうところなのです。ここで宿願を破ってしまうのは罪深いことです。あなたもそのようなお気持ちは捨ててください」

と、懸命《けんめい》に断った。

それでも女は諦めない。自分の気持ちを面々と語り、怨《うら》みの言葉を連ねて訴えるのみならず、身体を摺《す》り寄せて、なんとか僧をその気にさせようとした。

こうして一晩中、女は僧を誘惑し続けたが、若い僧の心は揺るがなかった。

しかし明け方、ついに根負けした僧は、ある言葉を口にしてしまう。

「私はあなたの申し出をお断りしているわけではありません。二、三日のうちに熊野詣を終わらせて戻って参ります。その時にあなたのお言葉に従いましょう」

しかし、この僧の言葉は偽《いつわ》りだった。

……熊野詣が終わったら、別の道を通って帰ればよい。この家に立ち寄らずに姿を消せばよいだけのことだ。

僧は、この女主人の執心《しゅうしん》を、あまりにも甘く見ていた。自分が戻らなければ、その想いは自然に消えると、簡単に考えていたのだ。

こうして言い寄る女を欺《あざむ》いた僧は、翌日、道連れの年老いた僧とともに熊野詣へと旅立ったのである。

若い僧に戻る気がないことなど思いも寄らない女は、想い人の帰りを今か今かと待ちわびていた。僧が喜ぶようにと、様々な用意をし、ひたすら待ち続けていたのである。

ところが、いつまで待ってもあの僧は戻ってこない。

本人に戻る意思がないのだから、いくら女が待っても現われるはずがないのだが、若い僧に恋い焦《こ》がれている女は僧の方便《ほうべん》を真《まこと》と信じきっていた。

業《ごう》を煮《に》やした女は、熊野方面からやって来る人を次々と捕まえては、

「これこれ、こういう姿の若い僧を見かけなかったか?」

と尋ね続けた。

すると、偶然にも一人の僧が二人を知っており、その消息を教えてくれた。

「その二人連れの僧でしたら、もうとっくに帰って、二、三日になりますよ」

その言葉に女は耳を疑った。僧に対する想いが打ち砕かれたばかりか、すべてが偽りの言葉だったのだ。失望はやがて怒りへと変わる。

「あの坊主、よくも謀《たばか》りおったな!」

女は激しい憤《いきどお》りを抱いたまま家に戻ると、寝室に閉じこもってしまった。そして、あまりの悲しみと怒りにさいなまれるなかで息絶えたのである。

しかし、僧に対する恋心と、裏切られたことに対する怨みは、死んでも消えることはなかった。彼女の怨みは、すでに死した彼女を五尋《ごひろ》ほどもある大蛇《だいじゃ》の化け物《ばもの》へと変化《へんげ》させたのだ。

大蛇の化け物と化した女が身をよじらせながら寝室から出てくると、思わぬ主《あるじ》の死を嘆き悲しんでいた下女たちは、あまりにも恐ろしさに戦慄《せんりつ》し、震《ふる》え上がった。大蛇となった女は家から這い出すと、街道へと出た。そして、巨体をくねらせながら、今や憎悪の対象となった僧の姿を追って猛然と山道を下り始めたのである。身をくねらせながら山道を進む大蛇の姿に、人々は恐れおののいた。

「この後ろの方で、奇怪なことが起きているぞ。大蛇の化け物が、野山を越えてどんどん走ってきている」

この噂は、やがて前を行く僧の耳にも届いた。

……もしや、その大蛇の正体は、裏切られたと知ったあの女主人が化身《けしん》し、私を追ってきているのではないか。

身も凍るほどの恐怖を感じた若い僧は、一目散に駆け出して、年老いた僧とともに道成寺という寺に逃げ込んだ。

「どうしたのですか?」

あまりに慌《あわ》てた二人の様子を見て驚く寺の僧たちに、若い僧は事の次第を語り、助けてほしいと必死に頼み込んだ。

哀《あわ》れに思った道成寺の僧たちは、集まって策を講じ、寺にあった大きな鐘《かね》を引き下ろしてなかに若い僧を隠すことにした。寺の門は固く閉ざされ、若い僧は仏の加《か》護《ご》を受ける鐘のなか。たとえ化け物であっても、僧に手出しはできないはずだった。

間もなく僧の後を追って大蛇が道成寺にやってきた。

厳重に守られる寺であったが、大蛇は、閉じられた門を易々《やすやす》と乗り越えると、鐘を安置した堂へ侵入してしまう。大蛇はそのまま、堂の周囲をグルリと一、二周回ると、入り口を、尾をあげて叩き始めた。

扉を叩く音が響くなか、寺の僧たちは事の成り行きを見守るしかなかった。

やがて百回ほども扉を叩くと、ついに扉が破壊されてしまう。大蛇は堂へと侵入すると、僧が身を小さくして隠れている鐘に巻きつき、今度は尾で竜頭《りゅうず》を叩き続けた。

大蛇は何時間にもわたって尾で鐘を叩き続けている。

恐ろしさに怯《おび》えながらも、そこで起きている出来事から目が離せなくなった僧たちが、鐘に巻き付いている大蛇を見ると、大蛇は両方の眼から血の涙を流していた。

金属と肉がぶつかり合う不気味な音だけが響くなか、時間が過ぎていく。

そして二刻《とき》三刻《とき》ばかり。大蛇は不意に鎌首《かまくび》を持ち上げ、舌なめずりをしたかと思うと、鐘から離れ、元来た道を帰って行った。

道成寺の僧たちはほっと一息を着いた。

しかし、次の瞬間、若い僧が隠れていた鐘が、突如として火を吹いたのである。

慌てふためく道成寺の僧たち。彼らは必死で鐘に水をかけて火を消し止めた。そのうえで鐘を動かしてみると、なかに隠れていた僧はすっかり焼けてしまっていた。女の憤怒《ふんぬ》を込めた恋の炎が、僧諸共《もろとも》、鐘を焼き尽くしたのである。業火《ごうか》の激しさのあまり、僧の姿は骨すらなく、わずかに灰が残るだけだった。

道連れだった年老いた僧は嘆き悲しみ、去っていった。

「安珍・清姫」の物語はここで終わるが、実は『今昔物語集』では後日譚《ごじつたん》が語られる。若い僧を襲った悲劇からしばらくのちのこと。道成寺の上席《じょうせき》の老僧の夢枕《ゆめまくら》に、

大きな蛇がやってきた。その蛇は、

「私はあの時、鐘のなかに隠してもらった僧です。あの悪女は毒蛇になり、私も、毒蛇の夫にされてしまいました。私は今、言いようのない苦しみを受けています」

と泣いて訴えるではないか。そして、

「私は生前、『法華経《ほけきょう》』を信仰していました。なにとぞ聖人様《しょうにん》の広大なご恩赦《おんしゃ》をこうむって、この苦しみから逃れたいと思います。私たち二人のために供養《くよう》して、この苦しみから逃れさせてくださいますよう、お願いします」

と頼んで姿を消した。

夢から覚めた老僧は、『法華経』の「如来寿量品《にょらいじゅりょうほん》」を書写し、衣食を投じて多くの僧を招き、法会《ほうえ》を営んで二人の苦しみを免《まぬが》れさせるための供養を行なった。

すると、その後、老僧の夢枕に、一人の僧と一人の女が現われ、

「私たち二人は、あなた様のおかげで善所《ぜんしょ》に赴《おもむ》くことができました」

と、礼を述べたのだ。二人はもちろんあの若い僧と蛇に変わった女だ。二人が告げたところによると、僧は都率天《とそってん》、女は忉利天《とうりてん》にそれぞれ生まれることができたという。

第二話

牡丹燈籠《ぼたんどうろう》

見初めた男を棺のなかに引きずり込んだ白骨の女

出典
『伽婢子』巻之三

「牡丹燈籠」は、寛文《かんぶん》六年（一六六六）の浅井了意《あさいりょうい》作『伽婢子《とぎぼうこ》』に収められている作品で、中国明《みん》代の怪異小説集『剪燈新話《せんとうしんわ》』のなかの「牡丹燈記《ぼたんとうき》」を元にした翻案物《ほんあんもの》である。地名や人名などはすべて日本に置き換えられており、物語の舞台も正月の燈籠祭から、日本で七月に行なわれる精霊祭《しょうりょうまつり》へと変更され、和歌も挿入《そうにゅう》されている。のちに明治の落語家・三遊亭圓朝《さんゆうていえんちょう》によって怪談噺《かいだんばなし》「怪談牡丹燈籠」が作られ、人気を博した。


天文《てんぶん》十七年（一五四八）七月十五日のことである。

この日、京の町は精霊祭で賑《にぎ》わっていた。精霊祭は毎年七月十五日から二十四日にかけて行なわれる先祖供養の行事で、どこの家にも精霊の棚《たな》が飾られ、様々な燈籠が精霊棚や家の軒《のき》に灯《とも》されていた。

町は盆踊りや燈籠見物の人々でごった返し、夜になっても人通りが絶えることはなかった。

五条京極《ごじょうきょうごく》に住む萩原新之丞《はぎわらしんのじょう》は、一人寂《さび》しい夜を過ごしていた。彼は友人の誘いも断り、家から出ようともしない。

なぜなら彼は愛する妻を亡くしたばかりだったからである。毎日、妻を思い出しては泣き暮れているばかりの生活を送る新之丞は、とてもではないが祭りに参加する気持ちになどなれない。精霊祭は、彼の心をより寂しく、孤独にさいなむのだった。

……ついに今年は、よりによって妻が故人《こじん》の名に数えられることになってしまった。

そんなことを思いながら門にひとり佇《たたず》み、

――いかなれば立も離れず面影《おもかげ》の　身にそひながらかなしかるらむ
（妻の面影がとても身近なのに、どうしてこんなに悲しいのだろう）

と、一人歌を詠《よ》み、またも涙で袖《そで》を拭《ぬぐ》うしかできないでいた。

やがて夜が更けると、人通りはなくなり、賑やかだった京の町にはすべてが眠りについたかのようなひっそりとした空気が漂《ただよ》い始める。

そうした夜の雰囲気に誘われるようにして門の外へ出た新之丞。いつまでも静かな夜のなかを一人佇んでいたところ、ふと自分に近づく影に気がついた。

若く美しい女だった。年の頃は二十歳ぐらい。こんな夜中だというのに、女は十四、五歳くらいの童女《どうじょ》を一人お供《とも》に連れているだけだった。

童女の手には美しい牡丹花《ぼたんか》があしらわれた燈籠が握られており、そこから漏れ出でる灯《あか》りが闇のなかでゆらゆらと妖《あや》しく揺れていた。

女はゆったりした足の運びで新之丞の前を通り過ぎる。

新之丞はその様子に釘付けになった。燈籠のかすかな灯りによって闇夜に浮かび上がった女の姿は楊柳《かわやなぎ》のようにたおやかで、艶《つや》やかな髪のかかった横顔は、ぞっとするほどに美しかった。

新之丞が薄情な男であったのか。それとも、女が美しすぎたのか。

つい先ほどまで妻を思いながら涙を流していたというのに、その女を見た途端、新之丞は妻への想いを忘れ、女に見惚《みほ》れた。

……天女《てんにょ》が人間界に舞い降りてきたのだろうか。いや、それとも、竜宮《りゅうぐう》の乙姫《おとひめ》が、海から出てきて気晴らしをしているのか。どちらにせよ、この世のものとは思えない美しさだ。

花の匂いに誘われる蝶《ちょう》のように、新之丞は、その女の後ろを、ふらふらとついていった。

新之丞が歩く女の前に出たり、後ろに回ったりしながらさりげなく気のある素振りを続けると、一町《いっちょう》ほど西へ行ったあたりでようやく女が立ち止まった。

女は振り返って新之丞と向かい合うと、口元にかすかな微笑を浮かべる。その美しさに、新之丞はまるで雷に打たれたかのように、体を硬直させた。そんな新之丞の心中を知ってか知らずか、女は口を開いた。

「私は、誰かを待ちわびている身ではございません。今宵《こよい》の月に誘われて、ふらふらと散歩に出たのです。気がつけばもうこんな夜更けになってしまいましたので、よろしければ送ってくださいませ」

この言葉を聞いた新之丞は高鳴る鼓動《こどう》を抑えながら、

「しかし、あなたの帰り道は遠いのでしょう? こんな夜更けでは、とてもお送りすることはできません。私の家はあばら家ですが、この近くにあるのです。もしあなたさえよろしければ、一夜の宿をお貸しいたしましょう」

と、思い切って女を自宅に誘ってみた。すると、

「実は一人きりで月を見ながら歌を詠んでいるのは寂しいと思っていたのです。そんな私に、あなたは嬉しいことを言ってくださいますのね。情に弱いのが人の心で

す。是非《ぜひ》とも一夜の宿をお貸しくださいませ」

と、新之丞の誘いに乗ってきたのである。

新之丞の家で、二人は酒を飲み、歌を詠み合った。

——また後の契《ちぎ》りまでやは新枕《にいまくら》 ただ今宵こそかぎりなるらめ
（再会が期待できない以上、あなたとの情事は今宵かぎりでおわりなのでしょう）

と新之丞が詠めば、女は、

——夕な夕な待つとし云はば来ざらめや 託《かこ》ち顔なる予言《かねごと》はなぞ
（毎晩待っているとおっしゃれば、いつでもお訪ねいたします。なぜ恨《うら》めしそうな予言を言われるのです）

と返した。風雅《ふうが》な時間だけが過ぎていった。

こうしてその夜、新之丞は女と契りを交わした。永遠に続くと思われた妻亡き後の寂しさは、たった一夜の営みによって消え去ったようだった。

女は夜明けになると新之丞の家を去って行った。

別れの前に新之丞が女に素性を訊《たず》ねると、彼女はこう名乗った。

「私は藤原氏《ふじわらし》の末裔《まつえい》である二階堂正行《にかいどうまさゆき》の子孫です。父の雅宣《まさのぶ》は京の戦乱で闘死《とうし》いたしました。兄弟も皆絶えて私は童女と二人で万寿寺《まんじゅじ》の辺《あた》りに住んでいます」

彼女の澱《よど》みない言葉を聞き、新之丞は女にさらに恋焦《こいこ》がれた。

それからというもの、女は、「契は千代《ちよ》もかはらじ（二人の絆《きずな》は千代も変わりません）」と言いながら、毎晩、通ってきた。

女が日暮れに新之丞の家を訪れて、明け方に帰る日々が続いた。

新之丞は女の魅力にすっかり溺《おぼ》れていた。明け方が来るのを恨めしく思い、夕方を待ちわび、昼間も家から出ないで、ひたすら女を待ち続けた。

そして、二人の逢瀬《おうせ》は二十日余りも続いた。

そうした新之丞の家の様子を奇妙に思う人物がいた。隣りに住む老人だ。

……隣りはなにやら毎晩賑やかじゃな。しかし、どうも尋常《じんじょう》ではない気配《けはい》を感じる。何が起きているのじゃろう？

とうとう好奇心を抑えきれなくなった老人は、その夜、こっそり壁の隙間《すきま》から新之丞の様子を覗《のぞ》いてみることにした。

壁の隙間にひっついてなかを覗いた老人は思わず自分の口を抑え、我が目を疑った。そこに見えたのは、この世のものとは思えない光景だった。

なんと、新之丞の隣りに骸骨《がいこつ》が座っているではないか！　愛《いと》しい仲の男女のよう

に寄り添う骸骨は、新之丞との会話に合わせるようにその髑髏《どくろ》をガタガタと動かしている。

空洞の喉《のど》からは睦言《むつごと》が響き、白骨の手足がギクシャクと動いて新之丞と触れ合っている。

腰を抜かさんばかりに驚いた老人は、朝になるのを待って、すぐに新之丞を家に呼び寄せた。

しかし、昨晩見たことをそのまま伝えるのは気が重く、まずはやんわりと問うてみることにした。

「このところ、毎晩来客があるようじゃが、どこの誰ですかの？」

しかし、老人の問いに新之丞は答えない。

そこで、老人は少し悩んだが、すべてを打ち明けることにした。

「昨夜、悪いとは思いつつも壁の隙間からお主《ぬし》の家を覗いたのだ。すると、お主は骸骨の女と抱き合っていた。お主にあの女がどう見えているかは知らぬが、あれはこの世のものではない。あの女は骸骨である。人間は死ぬと陰気《いんき》が激しくなって邪《よこしま》に汚《けが》れる。お主は今、陰気の霊《れい》とひとつ所に座り、一緒に寝ておるのだ」

「何を馬鹿なことを……」

老人の唐突な話に、新之丞は思わず声を荒げて否定した。

愛しい女が人ではなく骸骨であるなど、到底信じられることではない。

それでも老人が必死に説得を続けると、新之丞は段々と不安になり、顔は青ざめ始めた。

「このままでは、お主は精気を奪われ、必ず災いに襲われてしまうだろう。どんな治療も効かず、寿命が縮まり、あっという間に死んでしまうのだぞ。ああ、なんと恐ろしいことじゃ」

この言葉を聞いた途端、新之丞は心底恐ろしくなった。そして、これまでの出来事を老人にすべて話した。怯《おび》える新之丞に老人は、

「万寿寺の辺りに行って女が暮らしている場所を訪ねてみるとよい」

と助言した。

さっそく新之丞は万寿寺の辺りへ向かった。あちこち歩き回って女が住んでいるはずの家を探したが、それらしき屋敷は見つからない。

仕方なく万寿寺の境内《けいだい》に入ると、寺の浴室の裏手を北に行ったところに古ぼけた魂屋《たまや》があるのを見つけた。

もしや……と、はやる気持ちを抑えながら、新之丞は魂屋のなかに足を踏み入れ

た。すると、なかには、一つの棺《ひつぎ》が置かれていた。
棺の表には「二階堂左衛門尉《さえもんのじょう》政宣の息女《そくじょ》弥子《いやこ》、吟松院冷月禅定院尼《ぎんしょういんれいげつぜんじょういんに》」とあった。傍《かたわ》らには幼児を模した魔よけの人形である伽婢子《とぎぼうこ》が置かれており、随分と古いものであることが見てとれる。背後に目をやれば、見覚えのある牡丹花の燈籠がかかっていた。

もう疑う余地はなかった。

……この棺のなかの死体こそが、あの女の正体だ。

すべてを悟《さと》った新之丞の全身から、ぶわっと汗が吹き出した。

震える足を叱咤《しった》して魂屋から転がり出ると、新之丞は息も絶え絶えに寺から逃げ出した。

もはや新之丞の恋心は冷めた。すると、今度はあの女が恐ろしくてたまらない。

ひとまずその夜は老人の家に身を寄せて朝まで過ごしたが、女は今夜もやってくるだろう。

毎晩毎晩、美しい女の皮をかぶったあのおぞましい骸骨が、新之丞の精気を奪いにやってくるのだ。

新之丞はすがるような気持ちで、老人になんとか手段はないかと尋ねた。

「私には何もできん。しかし、東寺《とうじ》の卿公《きょうのきみ》は有名な修験者《しゅげんじゃ》だと聞く。そこを訪ねて卿公にお願いするのが良いだろう」

新之丞はすぐに東寺の卿公を訪れて事情を説明し、助けを請《こ》うた。

卿公は新之丞の顔を見るやいなや、

「そなたは今、とても危険な状態だ。この世ならざる者に惑《まど》わされ、精気を奪われている。このままでは十日後には命はないぞ。私が護符《ごふ》を書いてやろう。この護符を門に貼《は》っておくがよい」

と言ってその場で護符を書いて新之丞に渡した。

新之丞が渡された護符を丹念《たんねん》に家の門に貼りつけると、それ以後、女が新之丞を訪れることはなかった。

新之丞はこうして、亡霊《ぼうれい》が夜な夜な訪ねてくる恐怖の日々から解放された。

平穏な日々が五十日も過ぎたある日、新之丞は、お供の男を連れて東寺の卿公にお礼を述べに出かけていた。

礼拝《らいはい》を済ませ、心が軽くなると、久しぶりに酒が飲みたい、という気持ちが湧き上がった。

新之丞は帰りに男と酒を飲み、いささか酔っぱらった。すると酒の勢いか、新之丞の心にあの美しい女の面影が甦《よみがえ》ってきた。

……正体が骸骨であったとはいえ、本当に美しい女だった。もしも女が生者《せいじゃ》であったならば今夜も二人で抱き合っていたのだろうか。

酒というものは恐怖感を麻痺《まひ》させてしまうのか、新之丞はあれほど恐ろしい目にあったというのに、別れた女を冷やかす程度の気持ちで、お供の男と二人で万寿寺を訪れていた。

新之丞がひょいと寺の門の奥を覗きこんだ。その瞬間、恨みがましい女の声が響いた。

「ずっとお待ちしておりました」

突然、眼前に現われた女に、新之丞と供の男が肝《きも》を潰《つぶ》して慌《あわ》てふためく。

女は逃げようと腰を引いた新之丞を逃がさぬようにすがりつき、とうとうとその想いを告げはじめる。

「あれほど毎日契った仲なのに、その言葉は早くも偽りとなりましたね。ああ、悔《くや》しい。あなたはなんて情の薄い人でしょうか。初めて会った夜、あなたの想いが深かったからこそ、私はこの身を任せたというのに。あなたとの仲はいつまでも絶やすことがないと念じて契りを交わしましたのに。それなのに、あなたの貼ったあの忌々《いまいま》しい護符が二人の仲を引き裂きました。あなたに会えない夜が続いて、私は心底、辛《つら》かったのですよ……」

儚《はかな》げで、寂し気な声で男を責めるその姿は、まるで酷《ひど》い男に捨てられた哀《あわ》れな女のようであり、とても化け物の類《たぐい》には見えなかった。

しかしその口調は、突然変化した。

女は目じりに涙を溜《た》めたまま妖艶《ようえん》な笑みを浮かべ、その白い喉から地を這《は》うように低い声音《こわね》を発した。

「でも、こうしてあなたは会いに来てくれました。さあ、私と一緒に参りましょう。もう二度離れることはありません。今度こそ、ずっと傍《そば》にいてくださると約束して下さいね」

そう言って新之丞の手を取った女の手を、新之丞はなぜか振り払おうともしなかった。恍惚《こうこつ》とした表情で熱に浮かされたように女の手を握り返すと、女は満足気に微笑《ほほえ》んだ。そうして、供の男が逃げ出すなか、新之丞は女に誘われるまま万寿寺の境内へと姿を消して行った。

逃げ帰ったお供の男は、このことを隣家の老人に知らせた。

老人は、すぐに周囲の人々を集めると一緒に万寿寺に駆け付けた。しかし、いくら探しても女の姿も新之丞の姿もどこにも見当たらない。

老人は悪い想像が自分のなかでむくむくと育つのを感じた。それを打ち消すために、若い男を数人集めると女の棺を暴《あば》くように指示をした。男たちはためらったが、老人に言われるまま女の棺を暴いた。

なかを覗き込んで、老人は思わず顔を覆《おお》った。男たちのなかには悲鳴を上げた者もいた。新之丞は、棺のなかで骸骨と重なり合うようにして息絶えていたのだ。

それから、雨が降り、雲が立ちこめる夜になると、町の人々は不思議な光景を目にするようになった。

新之丞と女が仲睦《なかむつ》まじく手を繋《つな》ぎ、雨のなかでも灯りの消えることのない牡丹燈籠を持った童女を付き添わせて、町中を歩いているのだ。

この三人に行き交うと、大きな災いが降りかかるとして町の人々はこの死霊《しりょう》の一行をひどく恐れた。

このことを嘆いた萩原の一族の者は、一千部の『法華経』を読んだ。そして一日頓写《とんしゃ》の経《きょう》を棺に納めて弔《とむら》うと、この三人の霊は現われなくなったという。

第三話

女《おんな》鯉《ごい》

人間の男に恋をした雌鯉の嫉妬

出典

『西鶴諸国ばなし』巻四

貞享《じょうきょう》二年（一六八五）に刊行された『西鶴諸国《さいかくしょこく》ばなし』は、井原西鶴《いはらさいかく》による五巻五冊の浮世草子《うきよぞうし》である。江戸城大手門《おおてもん》外の下馬所《げばしょ》に集まる日本中の旅人から、諸国の怪談《かいだん》や珍談奇談《ちんだんきだん》を集めたという設定のもとにまとめられ、三十五話が集められている。

実際には『古今著聞集《ここんちょもんじゅう》』や狂言《きょうげん》、謡曲《ようきょく》といった日本産の話から、『神仙伝《しんせんでん》』『太平《たいへい》広記《こうき》』など中国の書物などから素材が取られているようだ。「女鯉」が登場するのは、怪談のひとつで巻四の「鯉のちらし紋《もん》」という河内国《かわちのくに》を舞台とした話である。


河内国に内助《ないすけ》ヶ淵《がふち》という池があった。

この池は昔から干上《ひあ》がったことがなく、魚は、小さな雑魚《ざこ》に至るまでが非常に味が良いと評判だった。

この池の堤《つつみ》に一軒の家があった。内介《ないすけ》という漁師が一人で暮らしている家で、内介は毎日、池に笹船《ささぶね》を浮かべて漁を行なっていた。

その内介が、ある時から一匹の鯉を飼い始めた。

本来ならば獲れた魚は売りに出すのだが、そのなかに雌《めす》でありながらキリリと凛々《りり》しく、元気がよく、はっきりと目印がついている鯉がいたのだ。その鯉を見た内介は、この鯉は手放したくないと思い、生簀《いけす》で飼うことに決めた。

しばらく飼っていると、鯉の鱗《うろこ》に一つ巴《ともゑ》の紋がはっきりと生じた。

「おお、巴の紋じゃ。では、お前のことをこれからともゑと呼ぶことにしよう」

こうして内介は、鯉を「ともゑ」と名付けた。

内介はともゑを非常に可愛がった。

飼い主の情が伝わってか、ともゑも内介によく馴《な》れた。そもそもともゑは変わった鯉で、「ともゑ」と内介が呼べば、それを自分の名前だと理解し、ちゃんと聞き分けて内介の声に応じたのだ。

鯉は水から出れば呼吸が出来ずに死んでしまうはずなのに、ともゑはいつしか水から出しても平気な体となり、一晩中でも家のなかで過ごすことができるようになった。内介が自分のご飯を分けてやると、それを一緒に食べるようになった。

本来なら心を通わせることなど無理なはずの鯉のともゑと、内介はまるで家族のように過ごしたのだ。

こうしてひと時を楽しく共に過ごした後は、内助が生簀に戻してやるという生活が続いた。

ともゑはすくすくと育ち、どんどん大きくなった。十八年も過ぎた頃には、十四、五歳の娘ほどの大きな鯉に成長していた。

そうしたある日、内介に縁談が持ち上がった。

同じ里《さと》の娘で、年恰好《としかっこう》も内介にピッタリの釣り合った嫁だった。

嫁を貰った内介は、これまで以上に張り切って夜の漁に出た。

するとその夜、内介が留守の家に、一人の若い女が裏口から駆け込んできた。とても美しい女で、水色の着物に、縦波《たてなみ》模様の上着を重ね着していた。

何事かと戸惑う内介の妻に、女は怨みを込めた表情を向けると、

「わらわは内介殿とは馴染《なじ》みの者で、お腹には子供もいます。それなのにあなたを嫁に迎えるとは、なんと憎らしい。すぐにこの家を出なさい。さもなくば三日以内に大波を立てて、家を池に沈めてやる」

と言い捨てて、どこかへ立ち去った。

突然の出来事に呆然《ぼうぜん》とする内介の妻。しばしの時を経て我に返った彼女は、今度は深い失望に襲われる。

……内介様に、そんな女がいたなんて。

妻は悲しみ、途方に暮れ、内介の帰りを待ちわびた。そして、内介が帰ってくるなり、こんな恐ろしいことがあったと、事の次第をすべて話した。

妻は、さぞかし内介が驚き慌てふためくだろうと思っていた。ところが、内介は驚きもしなければ、嫁の言葉を取り合おうとしなかった。

なにしろ、彼にはそんな美しい女と馴染《なじ》みを交わした覚えなど全くなかったからだ。それゆえ平然としたもので、

「そんなことは身に覚えのないことだ。そもそも考えてみるがよい。こんな風采《ふうさい》のあがらない貧乏なわしのことを、そんな美人が恋慕《こいした》ってくれるはずがなかろう。田舎まわりの紅屋《べにや》や針売《はりう》りの女ならば思い当たることもなくはないが、そんな女はその場限りで、すっかり話がついているから、後腐《あとくさ》れはない。夢でも見たか、何かが幻《まぼろし》となって現われたのではないか」

そう言うと、また夕暮から船に乗って漁に出かけてしまった。

内介は池に船を浮かべていた。さっきの妻の話は気になるが、そもそも思い当たる節《ふし》がまったくないのだから、対処のしようがない。

いやはや、何が起きたのやら。とはいえ、覚えがないのだから、何かの間違いだ

ろう。

そんな思案をしながら漁をしていると、突然、小波が立って船が揺れ出した。

普段は静かな池なのに、これはいったいどうしたことか？

船の縁《へり》につかまりながら驚き慌てる内介の目の前で信じ難いことが起こる。なんと、浮き藻《も》の間から大きな鯉が現われ、船に飛び乗ってきたではないか。

仰天《ぎょうてん》している内介の目の前で、その鯉は口から子供の形をしたものを吐き出すと、そのまま池に戻って、どこかへ消えてしまった。

……あれは、ともゑじゃ！

慌て、驚き、恐怖を感じた内介は、すぐさま船を岸に戻し、ともゑがいるはずの生簀へ走った。しかし、生簀には、ともゑの姿はなかった。この日を境にともゑの姿は、忽然《こつぜん》と消えてしまったのだ。

この話は、それほどの時を経ずして里中に広まった。

以来、この里では、「惣《そう》じて生類《しょうるい》を深く手馴《てな》れる事なかれ（すべて、動物をあまり深く可愛がってはいけない）」と、語られるようになったという。

第四話

鬼《おに》となった恋文《こいぶみ》

無下にされた想いが一休を襲う

出典

『諸国百物語』

江戸時代後期に活躍した絵師《えし》・鳥山石燕《とりやませきえん》が著わした『画図百器徒然袋《がずひゃっきつれづれぶくろ》』に、「文車妖妃《ふぐるまようひ》」という妖怪《ようかい》が登場する。

妖怪の絵に付された解説によると、読まれなかった恋文に込められた執心《しゅうしん》が積もって鬼となった妖怪であるという。

「文車」とは、本を運ぶ小車のことで、内裏《だいり》や寺にあって失火などの非常のときに備えた道具で、いかに文を大切にしたかがうかがえる。

ではなぜこの妖怪が生まれたのか？

その典拠が、『諸国百物語《しょこくひゃくものがたり》』に収録された「艶書《えんしょ》の執心、鬼となり」の物語である。

そこには手紙に対する当時の人々の想いが刻まれている。

この物語の主人公は一休《いっきゅう》という。

そう、頓知《とんち》話で有名な室町期の高僧・一休宗純《そうじゅん》その人である。実際の彼は後小松《ごこまつ》天皇のご落胤《らくいん》で、応永《おうえい》二七年（一四二〇）、臨済宗大徳寺《りんざいしゅうだいとくじ》の華叟宗曇《かそうそうどん》のもとで大悟《たいご》。晩年の文明《ぶんめい》六年（一四七四）、勅令によって同寺の住持《じゅうじ》となり、応仁《おうにん》・文明の乱によって荒廃した大徳寺の復興に尽力した。

破天荒《はてんこう》な性格と反骨《はんこつ》精神をもって知られ、広く民衆に愛された僧でもある。

その一休が修行時代、伊賀国《いがのくに》の「くふ八《はち》（正しくは「ほうじろ」）」という土地に立ち寄るところから物語は始まる。同地は、今でいう三重県伊賀《いが》市喰代《ほうじろ》町のあたりである。


一休がくふ八に通りかかったところ、ちょうど日が暮れてきたので、この日の宿を探すことにした。

この土地には寺が六十軒ほどあったので、そのうちのどこかに宿を借りようと思ったのだが、どの寺々を回っても、なぜか誰もいない。

……はて、不思議なことじゃ。

と思いながら、すべての寺を回ってみると、やっと一つの寺に人がいた。

しかし、現われた主を見て一休は戸惑う。若くて美しい稚児《ちご》だったのだ。稚児とは剃髪《ていはつ》しない少年修行僧のことで、中世以降、とくに禅宗《ぜんしゅう》寺院において、男色《だんしょく》、衆道《しゅうどう》、少年愛の対象となることがあった。

一休が寺の状況を尋ねれば、この稚児はひとりで寺を守っているという。怪訝《けげん》に

思いながらも、

「今夜、この寺に泊まらせてくれぬか？」

と、一休が頼むと、稚児は、

「それは構いませぬが……」

とうなずいた上で、

「ただ、この寺には夜な夜な化け物が出て、人がさらわれていきます」

と言うではないか。

しかし、一休は動じることなく、「私は修行の身だから大丈夫だ」と答え、寺に泊まらせてもらうことにした。

一休が案内されたのは客殿で、稚児は隣りの部屋で寝ている。

やがて夜が更け、深夜になった時のこと。一休が仏事《ぶつじ》にいそしんでいたところ、少年の部屋で異変が起きた。

縁《えん》の下《した》から手毬《てまり》ほどの大きさの火がいくつも飛びだし、稚児の布団《ふとん》に入ったかと思うと、二丈《じょう》（約六メートル）ほどもある大きな鬼《おに》に姿を変えたのだ。

その鬼は何かを探して堂のなかを歩き回りながら、ついに一休が泊まる客殿の方へとやってきた。

「今夜、この寺に泊まっている客僧はどこだ？　喰《く》ってやる！」

鬼は恐ろしい形相《ぎょうそう》で喚《わめ》き、あちこちを覗《のぞ》き回っている。

しかし一休は動じない。心を鎮《しず》めてじっとしていたため、鬼は一休の姿を見つけることができないのだ。

かくして鬼は一休を発見できぬまま、明け方になると、稚児が眠る部屋に戻り、そのまま消えてしまった。

事なきを得たものの、果たしてこの鬼の正体は何なのか。一休は昨晩の出来事を振り返ってみた。

鬼は稚児のいる部屋の縁の下から飛び出してきた火が固まって形を成したもの。ならば、原因は縁の下にあるはずだ。

そこで一休は稚児に、「縁の下を見せてくれぬか」と頼んだ。

稚児が承諾したので、ともに下を覗き込んでみると、そこからは血にまみれた文《ふみ》が何枚も現われたのだ。

一休がこれらの文の由来を尋ねたところ、稚児は、

「私の元に、方々から恋文《こいぶみ》が届きます。しかし私にその気はございませんので、その恋文を読まずに縁の下に投げ込んでおいたのです」

と答える。これを聞いて、一休は鬼の正体に気づいた。

少年は、これらの文に返事もせず、ただ、縁の下に投げ込んできたのだという。しかし血の付いた文は、すべて書き手の真心を示すために血書《けっしょ》で書かれた恋文だったのだ。

手紙は、書状、消息《しょうそく》などとも呼ばれ、文字としては、「文」、「書」、「状《じょう》」、「箋《せん》」、「信《しん》」などが用いられる。連絡や命令のみならず、書き手の想いを伝える役割を担うものだ。当然、そこには送り主の強い念が籠《こも》る。しかも恋文、それどころか血書の恋文ともなれば、執念《しゅうねん》とも呼べるまでの念が込められている。

その想いが全く通じないまま縁の下に放置された結果、差出人の執心が積もりに積もり、鬼と化してしまったのだ。

一休は、これらの恋文をすべて取り出し、積み重ねて焼き払い、経をあげた。するると、その後は、何も起こらなくなったという。

文書には、書き手の執念や深い想いが宿《やど》るという手紙に対する日本人の考え方が伝わる物語である。

第二章

哀の章

第五話

葛《くず》の葉《は》

助けた狐と愛を育んだ安倍晴明の父

大阪府和泉《いずみ》市葛《くず》の葉《は》町に、信太森《しのだのもり》葛葉《くずのは》稲荷神社《いなりじんじゃ》がある。ここは、平安中期に活躍した稀代《きだい》の陰陽師《おんみょうじ》・安倍晴明《あべのせいめい》の母・葛の葉を祀《まつ》った神社である。葛の葉は、実は狐《きつね》だったという伝説があり、その正体が発覚して森に戻るときに残した歌碑も建てられている。

いつしか安倍晴明の神秘的な力は、実は狐の子だったからだという説が成立し、まことしやかに伝えられてきた。その伝説の裏には、切ないラブストーリーと、種族を越えた親子愛の物語がある。

出典
『信太妻』

時は村上《むらかみ》天皇（位九四六～九六七）の御世《みよ》、九〇〇年代の中頃のことである。摂津国《せっつのくに》（現在の大阪府北中部および兵庫県南東部）の地に、安倍保明《やすあき》という人物がいた。安倍氏は歌道の家筋であるが、保明は武勇に秀《ひい》でた人物で、その息子の保《やす》名《な》もまた弓取りの名人。なかなかの美男子で、しかも優しい心根をもった人物だったが、いまだ独り身だった。

その保名が、ある時、数名の家来を連れて、和泉の信太明神《しのだみょうじん》へ向かった。

一方、河内国《かわち》に石川右衛門尉恒平《いしかわえもんのじょうつねひら》という悪党がいた。恒平は素行が悪く、周囲からは悪衛門《あくえもん》と怖れられる乱暴者であった。

その恒平の妻が、風邪が元で寝込んでしまい、いつまでも熱が下がらない。そこで、当時、占師として名を馳《は》せていた兄の芦屋道満《あしやどうまん》に占ってもらったところ、

「これは並みの病ではない。若い狐の肝《きも》を飲むとよい」

という答えが戻ってきた。

さっそく恒平は、若い狐を捕まえようと、大勢の家来を引き連れて狐狩りに出かけた。向かったのは、奇《く》しくも保名と同じ信太の森。この森には、かねてから多くの狐がいるといわれていたからだ。

保名は、信太の森に着くと、信太明神に参拝を済ませた後、森に大幕を張り、酒宴を開いた。家来とともに和歌を作るなどして、大いに楽しんでいた。

そんな宴《えん》もたけなわのときだった。

一匹の小さな狐が大幕のなかに走り込んできたではないか。様子を見ると、なにやらとても怯《おび》えている。どうやら、何者かに追われ、逃げ込んできたようだ。保名が「助けを求めているようだ。逃してやれ」と言うと、狐は保名の言葉を理解して

か、宴席の近くにある楠《くすのき》の洞穴《ほらあな》に駆け込んだ。

ほどなくそこへ恒平とその家来たちが殺到してきた。

「ここに狐が一匹、やってきたであろう」

と尋ねる恒平に、狐を助けたいと思っていた保名は、「そのような狐はいない」

と突っぱねた。しかし、恒平は納得しない。

「家来のなかに、狐がこちらに逃げたところを見た者がいるのだぞ！　どこにいる！」

と、すごんでくる。

それでも、保名は、狐などいないと言い張る。

「どこだ、言え！」

「知らぬ！」

押し問答が続き、しびれを切らした恒平は、ついに保名たちに襲いかかった。

この争いは、多勢の恒平側の一方的な勝負となり、保名の家来の多くが傷つき、保名もまた、怪我《けが》を負って捕らえられてしまう。

保名は縄を掛けられ、恒平の前に引き出された。

そこに、西国観音霊場札所《さいごくかんのんれいじょうふだしょ》として名高い藤井寺《ふじいでら》の頼盤和尚《らいばんおしょう》が通りかかり、恒平の姿を認めた。

「さて、その御仁《ごじん》をどのようになさるおつもりか？」

和尚が訪ねると、恒平は、「殺そうと思う」との返事。そこで和尚は、

「出家《しゅっけ》した身の私が、命を救うのは作法である。その御仁を預かりたい」

和尚の言葉には逆らえなかった恒平は、渋々《しぶしぶ》保名を和尚に預け、そのまま立ち去っていった。こうして、保名は和尚のおかげで事なきを得た。

その後、保名は谷川へ降りて休もうとした。

すると、そこに、若く美しい娘が現われ、傷ついた保名を、

「私は、この山陰《やまかげ》に住む者です。むさくるしいところですが、お休みになって行かれませんか？」

と誘った。

「家には夫がいらっしゃるでしょう？」

と保名が尋ねると、

「そのような人はおりません。一人暮らしですので、ご遠慮なく」

と娘は答えた。その言葉を受け、保名は娘に従った。こうして、保名は女の家で介抱《かいほう》を受けるのである。

娘の名は、葛の葉といった。

美しく優しい葛の葉に心を奪われた保名はこの女を伴侶《はんりょ》と定め、その晩、契《ちぎ》りを交わす。やがて傷が癒《い》えると彼女を自邸に連れて帰り、二人は仲睦《なかむつ》まじく暮らした。

やがて二人の間には男の子が生まれ、童子丸《どうじまる》と名付けられた。

しかし、幸せな時間は長くは続かなかった。童子丸が七歳になった年、悲劇が起こる。

うたた寝から目を覚ました童子丸は、母が庭にいるのを見つけ、近寄っていった。ところが、母に近づこうとして、足が止まった。なんと、母の顔はいつもの優しい母の顔ではない。しかも、母のお尻には、尾らしきものまで生えているではないか。

あまりにも奇妙な光景を見た童子丸は、

「やれ恐ろしや！」

と、泣き叫んだ。

この時、葛の葉は、庭に咲く大輪《たいりん》の菊があまりに美しかったために心ここにあらず、すっかり見とれてしまっていた。

実は、葛の葉は、かつて保名に救われた狐だった。彼に恩返しするために看病をし、その後、保名と恋に落ち、妻として暮らしていたのである。だが、一瞬の油断から変化《へんげ》の術が解けてしまっていたようだ。童子丸の様子を見て、葛の葉は自身の正体が発覚したことを悟《さと》る。

……せめてあの子が一〇歳になるまで育てたく思っていたけれど、正体を知られてしまっては、もう、ここにいることはできない。

葛の葉は家の障子《しょうじ》に歌を書き残すと、誰にも告げず、そっと家を出た。

翌日の朝、「母様がいない！　母様がいない！」と泣き叫ぶ童子丸の声を聞いて目を覚ました保名は、障子に何か書かれているのに気が付いた。

――恋しくばたずねきてみよ和泉なる　信太の森のうらみ葛の葉

さらに、葛の葉は、自分が狐であることを告げる手紙も残していた。すべてを知った保名は、嘆き悲しむ。

「いくら狐だったといえ、何年も一緒に暮らしてきた。なぜ幼い息子を残し、どこかへ消えてしまうのか」

童子丸も、母を探し回り、泣きじゃくるばかりである。

ついに保名は、童子丸を連れて、信太の森に葛の葉を探しに出かけた。

しかし、いくら探しても、葛の葉らしき狐は見つからない。

絶望した保名は死を決心し、腰の刀を抜いて童子を刺し殺そうとした。

その時だった。

「待ってください。死ぬなどしてはなりません」

葛の葉の声で保名の手が止まった。変わらずに美しい葛の葉が、すぐそばに立っていた。童子丸は、母にすがりついた。

「何年も共にいた仲ではないか。童子もまだ幼く、母がいないのはあまりに不憫《ふびん》だ。一緒に家に帰って、せめてこの子が一〇歳になるまで、守り育ててやってはくれぬか」

しかし、葛の葉は首を縦に振らない。

「私も共にいたいと思います。ですが、正体を知られてしまったら、もう一緒にいることはできません。これは、狐の決まり事。ずっと共に暮らしたかったのに、本当に悲しいことです。でも、死のうなどとは考えないでください。優しい保名様の愛情で、童子丸を慈《いつく》しみ、育ててあげてください」

そう言うと、葛の葉は、

「これを童子丸に」

と、黄金色《こがねいろ》に光る箱を差し出した。保名が箱をあけると、そこには、護符《ごふ》と丸い大きな水晶《すいしょう》が入っていた。

「護符は天地の秘めた力と通じることができるもの。水晶は、世のなかの鳥獣《ちょうじゅう》たちの声を聞くものです」

保名と童子丸が顔を上げるともうそこに葛の葉の姿は無かった。

二人は、葛の葉から貰った箱を持ち、家に戻った。

成長した童子丸は、安倍晴明と名乗り、元々の利発《りはつ》さに加え、葛の葉から貰《もら》った護符と水晶の力を得て陰陽師として大成。都に寄り来る邪《よこしま》なる物怪《もののけ》を退治して朝廷から認められ、天文博士《てんもんはかせ》の地位に就《つ》くこととなる。

第六話

玉《たま》水《みず》物《もの》語《がたり》

お姫様に恋をした狐の切なくも美しい物語

出典
『御伽草子』

狐が人間に姿を変え、人と結ばれる話は数多くある。多くは人間の男を誘惑し、精を抜く妖狐《ようこ》の話だが、なかには「信太妻」のように、夫婦となって子をなし、その後に別れを余儀《よぎ》なくされる悲恋の話や、人獣交会《じんじゅうきょうかい》をタブーと考えるようになった狐が自己犠牲を実践する話などもある。

『玉水物語』は、後者に属する悲恋の物語で、恋い焦《こ》がれた姫君に対する深く真摯《しんし》な愛情と、自らと交会することによって降りかかるであろう姫君の不幸を避けようとする自己犠牲の精神が全編に流れる物語である。


狐が棲息《せいそく》するという、鳥羽《とば》の地の話である。

花々が咲き乱れ、四方の山に霞《かすみ》がかかる季節の、ある日の夕暮の事だった。

一匹の若い雄狐が、棲処《すみか》としている山の近くの花園で、熱のこもったまなざしを何かに向けている。

雄狐の視線の先にいるのは、無邪気《むじゃき》に花と戯《たわむ》れる、若く美しい姫君の姿だった。

……なんと美しいお方だろうか。せめて時々でも良いから、こうしてまたお姿を拝見したいものだ。

狐は一瞬で姫君に心を奪われた。しかし、狐は人ではなく獣《けもの》の身。浮き足立つような恋心とは裏腹《うらはら》に、狐はわが身が獣であることを嘆き悲しんだ。

……若い美しい男に化《ば》けて姫君に近づいてみようか。いや、畜生《ちくしょう》である自分が姫君に近づいては、やがて姫君の身に悪いことが起きるかもしれない。

せめて姿だけでも見たい。その想いから、何度も姫君と出会った花園に出かけてみたが、ほかの人間に見とがめられて、石を投げられたり、矢を向けられたりするばかり。姫君には会えず、それでも心は姫君を追い求め、ただただ哀《あわ》れだった。

さてこの姫君は、鳥羽の辺《あた》りに住む高柳《たかやなぎ》の宰相《さいしょう》という人物の娘である。なかなか子宝に恵まれず、神仏に祈願《きがん》してやっと授かった娘で、両親から掌《てのひら》の珠《たま》のように大切に育てられていた。狐が出会ったのは、姫君が十四、五歳の頃のことだった。

姫のその美しさは、周りを照らすかのようだったという。

姫君への想いを断ち切れず、苦しい日々を送っていた狐は、ついに、姫君に近づく方法を思いついた。

……男の身に化けて近づくのではなく、女に化けて、姫に仕えよう。そうすればきっと、姫を傷つけることもないはずだ。

決心した狐は、さっそく十四、五歳の美しい娘に化け、里へ下りた。男の子ばかりが生まれ、女の子が欲しいと嘆《なげ》いている家があり、その家の主《あるじ》の女房《にょうぼう》の妹が姫君の家である高柳の館に仕えていると知ったからだ。

狐は、噂に聞いた家に行くと、

「私は、西の京の辺《あた》りに住む者です。無縁《むえん》の身となり、頼るところもなく、この地に彷徨《さまよ》い着きました。行くべきところもございません」

と、主の女房に縋《すが》ると、女房は狐を快く受け入れてくれた。

女房は、娘となった狐を心から可愛がり、やがて娘の「麗《うるわ》しい姫君などの御側《おそば》に参って、宮仕えをしたい」という願いを聞き入れて、妹を通じて、高柳殿の家で働けるよう取り計らってくれたのである。

ようやく姫君の元で仕えることができるようになった娘は、玉水という名前を賜《たまわ》った。

狐は御手水《おんちょうず》やお食事の用意など、心を込めて姫に尽くした。夜も、姫君の乳母《めのと》子《ご》である月《つき》さえと共に姫の側で眠り、常に側に仕えた。

そんな玉水を、姫君も深く愛してくれた。

玉水は犬が苦手だった。それも尋常ではないほどの怖がり様で、庭に犬が入り込んだ程度でも青ざめて食事が喉《のど》を通らなくなってしまう。そこで姫は決して屋敷のなかに犬を置かぬよう厳命してやった。

こうして姫君と玉水と月さえの三人は仲睦《なかむつ》まじく、誰もが相手を大切に思い、幸せな日々を過ごしていた。玉水も、姫君の側にいられることが幸せだった。だが、いざ姫の側で仕えるようになると、今度は自分の本心を伝えることができないもどかしさが、玉水を苦しめ始めた。

そうした玉水の何かを思い悩む心に気づいていた姫は、五月のある夜、玉水に向けてこのような歌を詠んだ。

――さみたれのほどは雲居《くもい》の郭公《ほととぎす》　誰《た》か思ひねの色をしるらん
玉水の心の内が知りたい。誰ぞ想っているのか、または恨《うら》んでいるのか、わからない、というのだ。

それに対し、玉水は、

――心から雲居《い》を出でて郭公　いつを限りと音《ね》をや鳴らん

と答え、月さえも、

——覚束《おぼつか》な山《やまの》端《は》出《いで》る月よりも　猶鳴《なおな》き渡る鳥の一《ひと》こゑ

と詠《よ》む。

その後、二人は夜も更けたために、姫君と月さえは寝所《しんじょ》へ戻ったが、玉水はなおも残り、

——思ひきやいなりの山をよそに見て　雲居はるかの月を見るとは

——心から雲居を出でて望月《もちづき》の　袂《たもと》に影をさすよしもかく

——心から恋の涙をせき留《とめ》て　身の浮き沈むことそよしなき

と、次々と歌を詠んだ。自分の想いを伝えられない苦しさ、切なさ。その想いから、この夜、玉水は寝床に入った後も、一睡もできなかった。

そうした月日が三年も過ぎ、神無月《かんなづき》に姫君の親しい人が集まって紅葉《もみじ》合わせをすることになった。紅葉合わせとは、人々が美しい葉数の多い紅葉を持ち寄り、鑑賞し合う遊戯《ゆうぎ》である。

なんとか姫君に、誰よりも美しい紅葉を集めてあげたい。そう思った玉水は、夜半、狐の姿に戻って、兄弟が棲《す》む塚《つか》へ向かった。

兄弟たちは姿を消して久しく、とうに死んだものと思っていた玉水が突然戻ってきたことに驚き、喜んだ。

玉水が紅葉探しを依頼すると、兄弟たちは快く受け入れたが、兄弟の一人が恐る恐る「その屋敷に犬はいないか？」と訪ねた。玉水は「犬はいない。安心してよい」と嬉しそうに返した。

翌朝、高柳殿の縁《えん》には、美しい紅葉が数多く届けられていた。なかでも、玉水の直《す》ぐ下の弟が届けた紅葉は、葉の色が異なる五寸《すん》ほどの枝が五本あり、その鮮やかに輝く様は大変美しかった。

姫君は玉水に、その五色の紅葉の枝に、それぞれ歌をつけさせた。

紅葉合わせでは、姫君の枝に並ぶ者はなかった。五度にわたって行なわれたが、すべて姫君が勝利を収めた。このことが世間で噂になり、宮中でも評判になった。噂は帝《みかど》にも届き、ついに姫君は帝の元に入内《じゅだい》することが決まる。

玉水は、姫君の前から姿を消すことを決心した。

姫君の入内の際には、玉水は中将《ちゅうじょう》の君《きみ》と名を改め、后《きさき》に侍《はべ》る女房《にょうぼう》たちの首座《しゅざ》である一の女房の座に就くことに決まっていたが、帝と契りを交わす姫君に仕えることは、あまりにも耐え難かった。

玉水は姫君を欠片《かけら》も恨んではいなかった。もともと交わるはずのない道であったが、幸運なことに、もう随分と長い間、こうして誰よりも姫君の側《そば》にいることができたのだ。しかしながら、切なく苦しい気持ちは消えない。玉水は姫君と別れることを決める。

入内が近づいたある日、玉水は、姫君にある箱を渡した。

「私に何かありはしないかと不安に感じていますので、この箱を奉《たてまつ》ります。もしも私が闇夜にまぎれて消えてしまったときには、この箱を開けてください」

玉水の告げた言葉に姫は訝《いぶか》しみ、思わず玉水の手を取った。

「何を思うてそのようなことを申すのか。帝のお側に仕えてからも、見守っていてもらえぬのか？」

「御参内《ごさんだい》の折にはお供しますが、何があるか分からない世のなかでありますゆえ、どうかこの箱を大切なものと思って下さい。そして決して誰にも見せないようにして下さい」

「どうしてそのようなこと申す。いつまでも側にいると思っていたのに、そのようなことを申されては切ない気持ちでどうしようもなくなってしまう」

そう言って姫君が泣き咽《むせ》ぶと玉水の目にも涙が浮かんだ。やがて、これはどうしたことかと人が集まると、玉水はそっと立ち去り、姫君も箱を隠した。

入内の日、玉水は車に乗る振りをして人知れず姿を消した。玉水を案じる姫君は、あちこち探すように指示を出したが、玉水は二度と姫君の前に姿を見せることはなかった。

やがて入内の儀《ぎ》が行なわれ、ひと息ついたところで姫はあの箱を思い出す。姫君が人目を偲《しの》んで箱を開けると、なかに一通の手紙が入っていた。手紙を読みながら、姫君は涙を零《こぼ》した。

そこには、己《おのれ》の正体を告げるとともに、姫君に対する想いが綴《つづ》られていたという。姫君に迷惑がかからないようにと、身を引いた玉水。その慎《つつま》しくも至純《しじゅん》な気持ちが、切々と伝わる物語である。

第七話

雪《ゆき》女《おんな》

殺すはずの男を二度も見逃した女妖の儚い想い

出典
『怪談　雪女』

『怪談《かいだん》』は、一九〇四年にアメリカ、イギリスで刊行された。

作者は、文芸評論家で小説家であるラフカディオ・ハーン。日本名を小泉八雲《こいずみやくも》という、十四年に及ぶ日本滞在の後期に、日本中から怪談を集め、それを英語で再話したオムニバス形式の短編小説集である。

そのなかの一作である「雪女」は、武蔵国西多摩郡調布村《むさしのくににしたまぐんちょうふむら》（東京都青梅市《おうめし》）出身の者が、土地に古くから伝わる話として小泉八雲に語ったもので、同様のストーリーが山形や新潟、富山、長野など多くの地方に残っている。

武蔵国のある村に、茂作《もさく》と巳之吉《みのきち》という二人の樵《きこり》が住んでいた。茂作は年老いた熟練の樵で、巳之吉はまだ十八歳と年若く、茂作の見習いとして一人前の樵を目指していた。

この日も、二人はいつものように、村から二里《り》ほど離れた山林へ向かった。この日は非常に寒く、作業を終えて村へ戻る頃には激しい吹雪《ふぶき》となっていた。

山林と村の間には広い川があり、二人はいつも渡し守《わたもり》の舟で渡っていたのだが、この日に限って舟がなく、渡し守の姿も見えない。よく見ると、向こう岸に舟が繫《つな》がれているではないか。どうやら吹雪になったので、渡し守は村に避難してしまったようだ。

二人は途方に暮れるも、連絡の手段もなく、この寒さでは泳いで渡ることもできない。

日暮れも近づいていたことから、二人は仕方なく、川の畔《ほとり》に建つ渡し守の番小屋で一夜を明かすことにした。

小屋は二畳敷きで非常に小さく、布団はなく、火を焚《た》く場所もなかった。凍《い》てつくような寒さだったが、戸口を閉めれば風雪を凌《しの》ぐことができたので、二人は蓑《みの》を被《かぶ》って横になった。

茂作はすぐにいびきをかき始めたが、巳之吉は、ゴウゴウと流れる川の流れの音や、吹雪が戸口に打ちあたる音が気になり、寒さと言い知れぬ恐怖でなかなか寝つくことができなかった。それでも、なんとかやっとウトウトと眠りについたのだが、しばらくして、顔に吹き付ける雪で目が覚めた。

……どうしたのだろう？　茂作さんが外に出たのかな？

不思議に思った巳之吉が身体を起こすと、なんと、茂作の体に覆《おお》いかぶさるようにして、もう一人、誰かがいる。

その人物は、白い着物を着て長い髪を背中に下ろしており、女であることが見て取れた。

暗がりに慣れた目でよく見れば、その女は、茂作の顔に息を吹きかけている。息はキラキラと光り、まるで氷の粒のよう。すると、息を吹きかけられた茂作の顔はみるみる青ざめ、顔全体が霜《しも》に覆われて凍り付いてしまった。

……化《ば》け物《もの》だ！

巳之吉は恐怖で声すら出ず、逃げることもできない。

白い着物の女は、茂作を凍り付かせると、今度は巳之吉の上に屈《かが》み込んだ。雪明りで見えたその顔は、目がギラギラと刃物のように光り、ゾッとする恐ろしさだった。しかし、その顔は、驚くほどに美しい。

女は、その美しい顔を巳之吉に近づけた。

……殺される！

女の眼に射られたかのように、身動きもできない巳之吉。もう、ダメだと、覚悟

したその時だった。女がニタリと笑ったかと思うと、

「この男は殺した。お前も殺そうと思ったが、お前はまだ若く、清らかなので命は助けてやる。ただ、今日の出来事は絶対に誰にも話してはいけない。もし話したら、その時こそ命がないと思え……」

そう女が巳之吉を脅《おど》すと、小屋のなかを雪が渦巻き、女は渦巻く風に乗って小屋の外へと去っていった。

翌朝、巳之吉は渡し守に助けられたが、やはり茂作はすでに死んでいた。巳之吉も、茂作を亡くした悲しみと、雪女に出会った恐ろしさなどで、長く寝込んでしまった。雪女に出会ったことをうっかり誰かに喋《しゃべ》ってしまったらと思うと、口を利《き》くことさえ恐ろしかったのだ。

しかし、しばらくして体がよくなると、巳之吉は以前のように仕事に出かけるようになり、巳之吉が伐《き》ってきた薪《まき》を母親が売り、生活の糧《かて》とした。

こうして一年が過ぎ、また冬がやってきた。

ある日、巳之吉が仕事を終えて家に向かって歩いていると、一人の娘が、同じ方向へと歩いていた。やがて前を行く娘に巳之吉が追いついたため、自然と二人並ん

で歩くことになった。

見ると、娘は大層美しい。白い肌は輝くようで、姿かたちもほっそりとしてしなやかで、思わず見とれてしまうほどだ。

「どこに行きなさる？」

「江戸の遠い親戚を訪ねようと思っています。女中奉公《じょちゅうぼうこう》の仕事が見つかると良いのですが……」

「江戸に誰か心に決めた人でもおるのか？」

「いいえ、そんな人はおりません。あなたは奥様がおあり？」

「母と二人暮らしだ。嫁も、好いた女もおらん」

そんなことを話しながら、村への道を進む二人。巳之吉は思い切って、

「急ぐ旅ではないのなら、ちょっと家で休んでいかんか」

と娘を誘ってみた。すると娘は、ためらいながらも、うなずいてくれたのだ。

美しい娘を連れて戻ってきた巳之吉を見た母親は、大変喜び、お雪《ゆき》と名乗る娘に精一杯のもてなしをした。次第にお雪も心を開き、母親が江戸に行くのを延ばすように頼むと、そのまま巳之吉の家に居つき、やがて二人は夫婦になった。

お雪は、とても優しく、母親とも折り合いがよく、巳之吉をよく支える素晴らし

い女房だった。

五年後、母親が亡くなる時には、お雪の手を握り、

「あなたのおかげで、身に余るほどのよい人生になりました。ほんとうにありがとう」

と、涙ながらに礼を言って、この世を去ったほどである。

二人の間には次々と子供が生まれ、やがて二人は十人の子持ちになった。お雪は子供を何人産んでも、相変わらず出会った頃のように若く、美しく、そして、優しかった。

ある夜、巳之吉は囲炉裏《いろり》の前で晩酌《ばんしゃく》をしながら、隣りに座って縫物《ぬいもの》をしているお雪の姿を見ていた。お雪の背後では、十人の子供が眠っていて、安らかな寝息が聞こえてくる。

……俺は本当に幸せ者だ。

幸せを噛《か》み締《し》めながら、巳之吉は、ふと、若い時のことを思い出した。あの吹雪の夜の出来事である。

ほろ酔いだった巳之吉は、心が緩《ゆる》んでいたのだろう。お雪に、つい語り始めた。

「こうやってお前を見ていると、昔のことを思い出す。実は、俺は昔、真っ白い美しい雪女に出会ったことがある。そういえば、あの雪女とお前は、よく似ている」

縫物をしていたお雪は、手を止めずに巳之吉に聞いた。

「どこで出会ったのですか?」

「渡し守の番小屋だ」

その後、巳之吉は、その夜あったことをお雪に語って聞かせた。すると、話を聞き終わったお雪は、静かに縫物を床に置いた。

「ついに話しましたな」

お雪が発したその声は、普段のお雪の声とは似ても似つかぬ低いものだった。

「誰にも話してはならぬ、話せば命はないと言ったことをお忘れか」

頭を上げ、巳之吉を見据《みす》えるお雪の顔は、目がつり上がり、目の光は刃《やいば》のように光っていた。

その目は、あの夜、茂作を殺したあの雪女のそれだった。

巳之吉は弾《はじ》かれたように飛び上がり、逃げ出そうとしたが、すぐに腰が抜けて動けなくなってしまう。

お雪は立ち上がり、動けなくなった巳之吉の上に身をかがめ、覆いかぶさってきた。

今度こそ、殺される！

巳之吉は覚悟した。しかし、お雪は氷の息を吐かなかった。その代わり、

「私はお前を殺さなければならない。でも、あそこには私とお前の子供がいる。あの子らのことを想うと、今お前を殺すわけにはいかない。お前は、命にかえても、あの子らを大事にしておくれ。助けられたお前の命は、子供らのためにあると思え」

そう言うと、お雪は、あの時の渡し守の番小屋の時と同じように、渦巻く雪と共に消えてしまった。

それ以後、お雪の姿を見たものは、誰もいない。

第八話

犬婿《いぬむこ》

夫となった犬を殺された妻の復讐譚

出典

『宿直草』巻之四

人間と犬との関わりは旧石器時代末期から始まるといわれ、両者は一万数千年ものの間、歴史を共にしてきた。日本でも、縄文《じょうもん》時代の遺跡から犬の骨が発見され、猟犬や番犬などパートナーとして飼育されていたことを示している。

それだけに、犬にまつわる伝説や昔話は数多くあり、なかには女と犬が結婚して子孫を残すといった異類婚姻譚《いるいこんいんたん》も少なくない。「犬婿」も、人間の娘が不思議な力を持つ犬と結婚する物語であり、文化《ぶんか》十一年（一八一四）から刊行された滝沢馬琴《たきざわばきん》の小説『南総里見八犬伝《なんそうさとみはっけんでん》』も、こうした話に着想を得たといわれている。

その昔、あるところに、白い犬を飼っている家があった。この家には若い夫婦が暮らしており、夫婦はその犬をたいそう可愛がっていた。

その後、二人の間には女の子が生まれた。

父親は犬と家族のように接し、その女の子が用を足すと、その都度《つど》、犬を呼んで、

「綺麗《きれい》にしてあげなさい。この子が成長したらお前の嫁にやるから」
と命じていた。その言葉の意味を知ってか知らずか、犬は嫌がることなく、娘の世話をしていた。

そうした月日が流れ、やがて娘は美しく成長した。年頃ゆえ、そろそろ婿《むこ》を迎えようということになり、仲立ちをしようという人が、この家を訪ねてきた。

ところが、話が終わり、その人物が帰ろうとすると、じっと隣りの部屋で話を聞いていた犬が起き上がるや、猛然《もうぜん》と追いかけて、噛《か》みついたのである。客人としてもいい気分ではなく、せっかくの縁談も流れてしまった。やがてまた、別の人が仲立ちを申し出てやってくると、犬はまたその人にも噛みついた。

次の人も、次の人も、娘の縁談を持ってくる人は、ことごとく犬に噛まれてしまい、娘の嫁ぎ先はなかなかまとまらなかった。

客人すべてに噛みつくのではなく、犬が暴れるのは決まって縁談のとき。こうなると、さすがに両親も犬の様子が普通ではないことに気づいた。

……犬の様子が尋常《じんじょう》ではない。あの犬は、娘に異常なほどに執着《しゅうちゃく》しているようだ。はて、どうしたものか。

困った両親は、人相観《にんそうみ》に相談することにした。すると、

「この犬の娘さんへの執念は、殺しても消えない。妻にやる、などと言ったから、犬はその気になってしまったのだ。こうなっては犬に娘を嫁《とつ》がせるしかないだろう」

と言うではないか。

犬に娘を嫁がせるなど、古今東西考えられないこと。しかし、娘を嫁がせなければ、犬の執念がどんな禍《わざわい》を引き起こすかわからない。両親は泣く泣く覚悟を決めた。

「お前と犬を結婚させなければならない。犬とお前を引き離す手が何もないのだ」

娘は嘆《なげ》き悲しむことだろうと両親は思っていた。しかし、娘は顔色を変えることもなく、承諾《しょうだく》したのである。

夫婦になった犬と娘は、村から離れた山中に家を構え、共に暮らし始めた。

犬は毎日狩りに出て、キジやウサギを獲ってきた。娘は犬から獲物を受け取ると、山を下りて市場でそれを売り、金に代えた。まさに、人間の夫の仕事を犬が果たし、妻は妻としての役割を果たし、人間の夫婦と同じように生計を立てて暮らしていた。

二人は睦まじく生活を送っていたのである。

そうしたある時、二人の住む家の近くを通った一人の山伏《やまぶし》が娘の姿を目にした。娘を眺めているうちに、山伏の心によからぬ考えが浮かぶ。

……なんて美しいのだろう。あの女を自分のものにしたい。なんとか深い仲になれないものか。

ひと目惚《ぼ》れした山伏は、娘に近寄ると、

「なぜ、こんな場所に住んでいるのですか？」

と尋ねた。すると娘は、夫と暮らしていると答える。

これほど美しい娘の夫とは、どのような人物なのか。山伏は気になって仕方がない。そこで、

「どのような方なのですか？」

と問うと、娘は「実は、夫は犬なのです」と恥ずかしそうにうつむいた。

山伏が驚いたのは言うまでもない。

山伏は、その後、何もなかったように娘から離れたが、心は平静ではなかった。

……あのような器量《きりょう》の良い女を、犬ごときの妻にしておくのはもったいない。なんとか、自分のものにできないものか。

諦《あきら》めきれない山伏は、娘の家の周りでそっと待ち伏せをしていた。すると、一匹の白い犬が戻ってくるのが見えた。

夫である犬の姿を確認した山伏は、山中の洞穴に身を潜めて、犬が狩りにやって

くるのを待った。

何も知らない犬がその近くを通ると、山伏は犬に向かって太刀《たち》を振り下ろした。一刀のもとに斬《き》り伏《ふ》せられた犬は命を落とし、山伏はその遺骸《いがい》を山中に埋めてしまった。

……夫が帰って来ない。

その日から、娘はずっと嘆き悲しみながら日々を過ごしていた。山のなかで迷ったのか、それとも狩りに失敗して怪我《けが》でもしたのかと、心配でたまらない。でも、探しても、待っても、夫は帰って来ない。そんな悲しみの日が七日ほど過ぎた頃、以前、出会った山伏が訪ねてきた。もちろん頃合を見計らっての行動である。すでに段取りを決めている山伏は、素知らぬ顔で泣いている娘に尋ねた。

「何を悲しんでいるのです?」

「夫が帰って来ないのです。七日も戻らないということは、きっと彼はもう戻って来られない身なのでしょう」

娘は泣き続けるばかりだ。すると山伏は、

「それは残念なことです。でも、このままではあなたの身はどうなるのですか? 危険な獣もうろつく山中、私はあなたが心配です。幸い私には妻がおりません。共においでになるのなら、連れていきましょう」

　と誘ったのだ。

　もう実家にも帰れず、頼るものもいない娘は、山伏の言葉に従った。そして、二人は夫婦になり、その後、七人の子供を授かった。

　このままであれば、何も知らない娘は幸せに暮らすことができたのだろう。ところがある日、山伏が、

「実は、お前の夫だった犬は、私が殺したのだ。お前と夫婦になりたいがためにな」

　と、妻に事の真相を語ったのである。長い歳月が流れ、多くの子供も授かったことで、山伏は、もう娘の気持ちが犬から離れたと確信したのかもしれない。

　しかし妻は違った。山伏の所業《しょぎょう》を受け入れ、納得するふりをしながらも、その瞳《ひとみ》には復讐《ふくしゅう》の炎を宿《やど》らせていた。かくして妻はほどなく山伏の夫の隙《すき》を突いて殺害。幼き頃よりともに過ごした犬の恨みを晴らすと、いずこかへ去っていった。

　犬ではあっても、娘にとっては、幼き頃から共に育ち、心に決めた相手である。女の恨みは、たとえ七人の子をもうけたとしても消えることはなかったのだ。

第九話

オシラ様《さま》

許されぬ恋の果てに空に駆け昇った馬と娘

日本において馬は、古くから神霊《しんれい》の乗り物であるとして、神聖な存在として崇《あが》められてきた。

神社に生馬《いきうま》を奉納《ほうのう》して飼育したり、木馬《もくば》を神前に納めたり、祭儀《さいぎ》に馬をひいて奉仕したりするのは、そのためである。また、馬を競走させて年の豊作や戦い結果など、様々な吉凶《きっきょう》を占う競馬《くらべうま》の風習などもある。一般の農家でも、昭和の初め頃までは、馬を家族の一員とみなして大切に扱ってきた。

「オシラ様」は、岩手県遠野《とおの》地方に伝わる民話を筆記・編纂した、柳田國男《やなぎたくにお》の代表作『遠野物語』のなかに収録されている。曲り屋《まがや》と呼ばれる厩《うまや》と住空間が一体となった家屋で、人馬がひとつ屋根の下で暮らす風習のあった遠野地方に伝わる話で、馬と娘の恋物語から蚕《かいこ》が生まれたという養蚕《ようさん》の起源伝承ともなっている。

出典
『遠野物語』

昔、遠野北部の土淵《つちぶち》に、貧しい農家があり、大層美しい娘がいた。

この家では、一頭の馬を飼っていた。馬の世話をするのは娘の仕事である。娘は毎日、世話をした。

やがて、馬も娘の与える餌《えさ》しか食べなくなった。

そのうち、娘と馬の仲はさらに深くなり、娘は夜になると厩舎《きゅうしゃ》へ通い、馬と一緒に眠るようになり、そのうち娘と馬は夫婦になってしまう。

家族同様に接してきたといえ、畜生は畜生。この事実を知った父親は大いに怒った。

……娘を馬などに奪われてたまるものか！

強い怒りに襲われた父親は、その関係を知るやいなや、娘に内緒で、馬を連れ出し、桑《くわ》の木に吊り下げて殺してしまった。

夜になり、いつものように厩舎に向かった娘は、そこに馬がいないことに気づき、父親に詰め寄った。

「馬がいない！　どこに行ったのですか？」

必死で尋ねる娘に、父親は、憮然《ぶぜん》とした表情で馬を桑の木に吊るして殺したことを告げた。

父親とすれば、馬と強引に引き離すことで娘に諦《あきら》めさせようとしたのかもしれない。しかし、その思惑《おもわく》は外れてしまう。

娘は泣き叫び、そのまま家を走り出ると、桑の木へ駆け寄った。父の言葉通り、そこには馬の亡骸《なきがら》があった。あまりのことに、娘は馬の首に縋《すが》りついて泣き続けた。

その光景を見た父親は、その様子を見て、馬に対する怒りと憎しみがさらに強くなった。頭に血を昇らせた彼は、斧《おの》を手に取ると、馬の頭を首から斬り落としてしまった。

するとここで不思議が起こる。

馬の首が娘の上に落ちると、娘がその首に跨《またが》り、共に天へと昇っていったのである。両親はそれを呆然《ぼうぜん》と見送るほかはなかった。

自分の行ないが発端とはいえ、娘を失った両親は、嘆き悲しんだ。すると、ある夜、娘が夢枕《ゆめまくら》に現われ、

「三月十六日の朝、土間《どま》の臼《うす》のなかに馬頭《ばとう》の形をした虫が湧《わ》いています。その虫は蚕といいます。その虫を桑の葉で飼えば、やがて絹糸《きぬいと》をこしらえます。それを売って、暮らしてください」

と告げたのだ。

夢の通り、三月十六日の朝、臼には虫が湧いていた。その虫を、娘が告げたよう

にすると、蚕はムシャムシャと桑の葉を旺盛《おうせい》に食べ、やがて体から糸を出し、次から次へと繭《まゆ》を作り始めたのだ。

両親は、その繭から絹糸をつくり、それを売って大層裕福な長者となった。これが養蚕の始まりであるという。

父親は、その後、馬を吊り下げた桑の木の枝で、馬頭と姫頭二体の神像を作った。この神はいつしか「オシラ様」と呼ばれるようになり、眼の神、婦人病の神、子供の神、狩りの神など、様々な神格をもって東北各地の民間信仰として今に残っている。

第十話

早《そう》梅《ばい》花《か》の精《せい》

開善寺に伝わる梅の花の精と武将の一夜の恋

梅は、『万葉集《まんようしゅう》』にもしばしば登場する。そもそもは中国からの渡来植物であり、『万葉集』の時代には、すでに北九州地方で盛んに栽培されていた。また、梅の渡来とともに、中国流の梅花鑑賞の仕方も輸入され、万葉人たちは、梅を愛《め》でながら、多くの歌を詠んだのだ。

梅を愛でる風習は、やがて貴族から武士・庶民にも広がった。「早梅花の精」も、戦《いくさ》を前にした武将が、評判の高い梅を眺めるために出かけるところから始まる物語である。

出典
『伽婢子』巻之十二

戦国時代の話である。当時、信濃国《しなののくに》は村上《むらかみ》一族が治める土地だった。その村上一族の一人、村上頼平《よりひら》の家臣に埴科文次《はにしなのぶんじ》という武士がいた。

文次は、武芸の研鑽《けんさん》に励みながらも、情け深く、和歌を愛する優雅な男だった。文次が詠む歌はなかなかの出来栄えで、戦場に向かっている時でも、美しい風景を目にすると歌を詠み、味方の武士たちを感嘆させていたのである。

その文次が、また新たな戦に出陣することになった。信濃国の村上と、隣国甲斐《かい》の武田《たけだ》との間で争いが起こり、両軍陣地を構えて決戦に挑《いど》むことになったのだ。出征中、文次は、開善寺《かいぜんじ》の梅が今が盛りで、大層美しいという話を耳にした。開善寺とは信濃国伊那郡《いなぐん》にある寺で、ここには冬至《とうじ》の前後から咲き始める早梅花という名木があった。

元々、信濃国の冬は雪が深く、先に降った雪が溶けて消えないうちに、また次の雪が降り積もるという土地で、冬の嵐も激しく吹き荒れた。決して陽気とは言えない気候であり、長い冬が続き、春の訪れは遅い。そうした土地柄にありながら、開善寺の早梅花は、毎年、同じ時期に必ず花を咲かせ、戦に倦《う》んだ人々の心を慰《なぐさ》めるのである。

早梅花の話を耳にした文次は、どうしてもこの花を見たいと思った。しかし、戦の最中《さなか》ということもあり、堂々と梅鑑賞には出かけにくい。そこで文次は、夕暮れに中間《ちゅうげん》ひとりを連れて陣中《じんちゅう》をこっそり抜け出し、開善寺へ向かった。

開善寺の早梅花は、噂に違《たが》わぬ美しさだった。文次は思わず梅の木に見とれながら、

「南枝向レ暖北枝寒　一種春風有二両般一」

（南枝は暖に向かい、北枝は寒し　一種の春風、両般あり）

という、古詩《こし》をまず吟《ぎん》じた。さらに、すでに山の端《は》に昇っていた月の光が、梅の花びらを照らし、輝かせている様子を見て、さらに一句。

——ひゞき行かぬの声さへにほふらむ　梅さく寺の入相《いりあい》の空
（この寺では、鐘《かね》の音さえ梅の香りに満ちている）

そこへ不意に、一人の女が現われた。侍女《じじょ》を一人連れており、歳の頃は二十ほどだろうか。白い小袿《こうちぎ》に紅梅の下襲《したがさね》という装いは高貴な人に違いなく、しかも、えもいわれぬ気品を漂わせていた。

——ながむればしらぬむかしのにほひまで　おもかげのこる庭の梅《うめ》が枝《え》
（昔のとても美しかった花の面影《おもかげ》まで、この梅には残っているようです）

それは女の口元から発せられた和歌であった。

心に染み入るこの歌を聞いた文次は、女と話してみたい衝動に駆られた。そこで、思わず女の袖《そで》を引き、

「今宵《こよい》の月の光と輝きを競うのは、この寺の梅だけではありませんよ。あなたの姿と袖の香りもそうです」

と話しかけた。すると女は優美な微笑を浮かべながら、

「梅の香りに誘われて、思わず歌を口ずさんでしまうような今宵《こよい》、あなたのような方と出会えるとは、なんと嬉しいことでしょう」

と、文次を喜ばせることを返すではないか。

しかも、その美しさ、優雅なふるまい、しっとりとした雰囲気は、この世のものとは思えない。心が浮き立った文次は、すぐさま中間に命じて酒を売る家を探させると、女と御堂《みどう》の軒《のき》に座って、酒を飲み始めた。

酒が進むうちに、二人はさらに打ち解けた。文次は嬉しくなり、また歌を一句。

――袖のうへにおちてにほへる梅のはな　まくらにきゆるゆめかとぞ思ふ
（袖に落ちた梅の花は、夢のなかで契った女性のようだ）

すると女も、すかさず句を返してきた。

――しきたへの手枕《たまくら》の野の梅ならば　ねての朝明《あさけ》の袖ににほはむ
（契りを交わす相手が梅の花ならば、翌朝はとてもよい香りが残っているでしょう）

この後、二人は体を寄せ合い、契りを交わした。

何杯もの酒を飲んでいた文次は、そのまま眠りに落ち、目が覚めたのは、東の空に雲が棚引《たなび》く明け方のことだった。

自分が眠ってしまったことに気づき、慌《あわ》てて起き上がってみると、文次は梅の木

の根元にいた。辺りを見回しても、昨夜の女も侍女も姿を消していた。

空はどんどん明るくなり、鳥が群れて鳴く声が聞こえてくる。月も西の空に落ちた。昨夜の名残《なごり》は、文次の身に残る宴の余韻《よいん》と、袖に残る梅の花の香だけだった。

ふと文次は、中国に、似たような話があることを思い出した。

その昔、中国の崔護《さいご》という人物が、ある門内に梅の花が咲き誇っているのを見た。そこに、女が二人近寄って来たので、崔護は女二人と共に酒を飲み、歌を歌い、

「来春も、この場所で会いましょう」

と約《やく》して別れたのだ。

しかし、翌年の春、崔護が同じ場所で二人の女を待ったが、女たちは姿を現わさなかった。崔護は、門に次のような詩を書きつけたという。

去年今日此門中　人面桃花相映紅
人面不知何処去　桃花仍レ旧笑二春風一
（去年今日、此《こ》の門中　人面桃花、相映《あいえい》じて紅《くれない》なり
人面は知らず、何処に去る　桃花は旧《むかし》により春風に笑む）

文次は、自分の体験は、まさにこの中国の話と同じだと思った。

……相手が人間ならば、また巡り合うこともできるだろう。しかし、私の場合は、

不可能だ。

文次は、梅の木の下で出会った女が、梅の花の精霊《せいれい》だと気づいていた。

……私の袂《たもと》に残っていた移り香は、あの寺の梅の花の香と全く同じだった。なんとも不思議な印ではないか。

もはや再びかの女と語り合うことは、諦めるしかないようだ。しかし、女の面影が、常に文次の瞼《まぶた》の裏に浮かんでくる。夕暮になると、女を思い出し、恋しくてたまらず、思わず涙が止まらなくなった。

――梅のはなにほふたもとのいかなれば　夕ぐれごとに春雨のふる
（あの人の香りが残る袖は、毎夜私の涙で濡れている）

女を思い出し、歌を詠み、また涙にくれる文次。そんな日々が続くうちに、文次の心のなかにはこの世の何もかもが無用なものに思えてきた。

……もうこの世に住んでいる甲斐《かい》もない。あの女への慕情《ぼじょう》が積もりに積もり、まるで薪《まき》をどんどん積まれて苦しむ柴舟《しばふね》の嘆きのようだ。これからもこのような日々が続くくらいなら、いっそ死んでしまったほうがましだ。

その翌日、文次は武田勢との戦で無謀《むぼう》な攻撃を敢行《かんこう》し、戦場で命を落とした。

第三章　怖の章

第十一話

染殿《そめどの》の后《きさき》

美しい后への妄執から自らを鬼に変えた僧侶

出典

『今昔物語集』巻之第二〇第七

染殿の后とは、平安時代初期の女御《にょうご》・藤原明子《ふじわらのあきらけいこ》のことである。人臣《じんしん》として初めて摂政《せっしょう》・太政大臣《だいじょうだいじん》の職を与えられ、藤原氏全盛の礎《いしずえ》を築いた藤原良房《よしふさ》の娘で、文徳《もんとく》天皇に入内《じゅだい》し、惟仁親王《これひとしんのう》（清和《せいわ》天皇）、儀子《ぎし》内親王を生んだ。文徳、清和、陽成《ようぜい》、光孝《こうこう》、宇多《うだ》、醍醐《だいご》の六代五十年にわたって後宮《こうきゅう》で重きをなした人物である。良房の邸宅染殿にいたので染殿の后と呼ばれた。

明子は良房が桜の花にたとえたほど美しかったことで有名だが、物《もの》の怪《け》に悩まされたという伝承も生まれた。『今昔物語集《こんじゃくものがたりしゅう》』には、我《われ》を忘れるほど染殿の后への慕情に狂った聖人《しょうにん》が、鬼《おに》へと姿を変えて后に取《と》り憑《つ》く話が収められている。

平安時代初期の話である。

関白《かんぱく》太政大臣の娘、染殿の后は、格別な美しさを持つ女性であった。

だが、この后は、常に物の怪に悩まされ、霊験著《れいげんいちじる》しいと評判の僧を召しては様々な祈祷《きとう》が行なわれたが、どれもまるで効果がなかった。

そうしたなか、大和国《やまとのくに》の金剛山《こんごうさん》に、尊い聖人がいるという話が聞こえてきた。その聖人は、長年金剛山で修行を積み、鉢《はち》や瓶《へい》を飛ばして食物を持ってこさせたり、水を汲《く》ませたりすることもできるという。

その聖人の評判は、やがて天皇や后の父の良房の耳に入った。

「それだけの験力《げんりき》をお持ちの聖人ならば、きっと娘に取り憑いた物の怪も払ってくれるに違いない。その聖人を召して、病気の祈祷をさせよ」

と、聖人に参内《さんだい》するようにとの仰せが下った。

ところが、天皇の仰せを伝える使者を迎えた聖人は、これを承諾せず、辞退するという。その後も何度も仰せが下ったが、聖人はその都度《つど》、辞退を続けた。

しかし、天皇からの勅令《ちょくれい》として召還命令が下るにあたり、もはや背《そむ》きがたく、ついに聖人は参内することになった。

こうしてついに聖人は、染殿の后の前で加持《かじ》を奉仕した。すると、たちどころに異変が起きた。后の侍女《じじょ》の一人が、にわかに錯乱《さくらん》して泣き始めたかと思うと、走り出しながら喚《わめ》き叫んだのである。

聖人がさらに力を込めて加持を行なうと、女の懐《ふところ》から一匹の年老いた狐《きつね》が飛び出してきたではないか。

狐は、その場でくるくる回ったかと思うと、その場に倒れ伏した。聖人は狐を結《ゆ》わえ付けるように命じると、二度と人に災厄をもたらさぬよう、教化《きょうげ》して放ってやった。

后の病もその後、一両日中には治まり、父の良房は大いに喜んだ。そこで聖人に、

「しばらくとどまっているように」

と命じたため、聖人は良房の言葉に従って、しばらく宮中に伺候《しこう》することになった。


ある夏の日のことである。

聖人が后の側《そば》に控えていると、ほんの一瞬、后の御几帳《ごきちょう》の垂《た》れ布《ぬの》が、風で翻《ひるがえ》されたため、聖人はその隙間《すきま》から后の姿を垣間《かいま》見てしまう。ちょうど后が単衣《ひとえ》の召し物だけを着ていたところで、その姿に聖人は息を飲んだ。その姿は、あまりに美しく、まるで地上に降りた天女《てんにょ》のようだった。聖人は、いまだかつてこんな美しい人を見たことがなかった。

聖人は、肝《きも》が砕けるような思いを感じるとともに、后に対して激しい愛欲《あいよく》の情を

抱いてしまう。修行の身ではあったが、后の魅力は、聖人の理性を完全に吹き飛ばしたのだ。

その衝動は、とうてい抑えられるものではなかった。

胸のなかは、火を焼くがごとく燃え盛り、片時も后のことを忘れることができなかった。聖人は、その衝動の激しさから分別《ふんべつ》を失い、ついには隙をうかがって后の御几帳のなかに入り込むという暴挙に出てしまう。

伏《ふ》せっていた后の腰に、聖人が抱きついた。驚いた后は、汗を流すほど怖れ、なんとか逃れようとしたが、后の力ではどうにもできなかった。

その様子を見ていた女房《にょうぼう》たちが、大声で騒いだ。騒ぎを聞きつけて駆け付けたのは、当麻鴨継《たいまのかもつぐ》という人物だった。彼は后の病気を治療するために、宮中に伺候していた侍医《じい》である。慌てて駆け付けると、ちょうど御几帳のなかから聖人が出てくるところだったため、鴨継は、すぐさま聖人を取り押さえ、事の次第を天皇に奏《そう》上《じょう》した。

話を聞いた天皇は激怒し、聖人を縛り上げ、牢獄《ろうごく》に繋《つな》いでしまった。

牢獄に入れられた聖人は、それでも、后に対する情欲を忘れることができなかった。

牢獄のなかで、天を仰ぎ、泣きながら誓いを立てた。

「わしは、ただちに死んで鬼となり、后が在世《ざいせ》のうちに、願い通りに后と情を通じてやる」

この言葉を聞いた牢役人は、すぐに后の父である良房に伝えた。良房は大いに驚き怖れ、天皇に奏上して聖人を放免《ほうめん》して金剛山へと戻したのだ。

これでことは終わったと誰もが思った。

しかし聖人の想いは、金剛山に戻っても消えることなく、妄執《もうしゅう》をますます強くしていった。

……なんとか、后にもう一度会いたい。なんとか后に近づきたい。

しかし、いくら祈りを込めても、聖人の願いはかなわない。

……わしの願いは、この世ではとうていかなわない。牢獄で誓ったように、やはり鬼になるしかないのだ。

聖人は、「鬼になる」と念じ続けながら、絶食を続け、やがて十日ほどで痩《や》せ衰《おとろ》え事切《ことき》れた。想いの籠《こも》った言葉は、それが邪《よこしま》なものであっても現実のものとなる。時を経ずして聖人の亡骸《なきがら》から裸で赤い褌《ふんどし》をつけた身《み》の丈《たけ》八尺《しゃく》（約二・四メートル）ほどの鬼が立ち上がった。聖人は執念の祈りの果てに鬼となって蘇《よみがえ》ったのである。

肌は漆《うるし》を塗ったように黒く、目は金属製の椀《わん》を入れたかのようで、口には剣のような歯が生え、上下の牙《きば》が口から出ていた。腰には槌《つち》をさしている。妄執の権化《ごんげ》として新たな生を得た聖人の姿は、あまりに恐ろしく、禍々《まがまが》しいものだった。

その鬼は金剛山から姿を消すと、宮中の后の御几帳のそばに現れた。目の前に現れた恐ろしい鬼に、人々は動転し、ある者は逃げだし、ある者は気を失い、またある者は頭から着物を被《かぶ》ってうずくまった。后が危険な状態であることはわかっていても、あまりの恐ろしさに、后を助けに動くこともできない有様《ありさま》だ。

しかしなぜか、后だけは様子が違った。綺麗《きれい》に身繕《みづくろ》いされ、にっこり笑みを浮かべて、顔を扇《おうぎ》で隠しながら、鬼をまるで恋人のように見つめているではないか。鬼の魂《たましい》が、后の正気《しょうき》を奪い、狂わせてしまったのだ。

二人は共に御几帳のなかに入り、一緒に臥《ふ》せった。

御几帳のなかからは、鬼が話す声が聞こえてくる。

「毎日毎日、あなたに会えず、本当に恋しく、辛《つら》い思いをしておりました」

后は、その言葉を聞いて、嬉しそうに笑っているのだ。

日暮れになり、鬼は立ち去った。女房たちが急いで后の様子を見に行くと、后は

何事もなかったかのように、平然として座っていた。すでに鬼との間にあった睦《むつ》み事《ごと》の記憶は失われているようだ。

事の次第を聞いた天皇は、恐ろしいと思うより、

「后は、この先、どうなるのだろう」

と、その行く末を心配し、心を痛めるほかはなかった。

天皇の心痛を嘲笑《あざわら》うかのように、鬼は、その後も毎日宮中へとやってきた。后も、鬼が来ると嬉しそうな顔をして、二人で御几帳のなかへと入っていく。

調子に乗った鬼は、以前、自分を取り押さえた鴨継を憎《にく》み、

「鴨継に怨《うら》みを晴らしてやる」

とも言っていた。その言葉通り、鴨継は不可解な急死を遂げ、三、四人いた鴨継の息子たちも、全員、気が触れて死んでしまった。

鬼の傍若無人《ぼうじゃくぶじん》なふるまいに対し、どうすることもできない天皇と良房は、自分たちも呪い殺されてしまうのではないかと、怖れおののいた。そこで、高僧たちを集めて、鬼を調伏《ちょうぶく》させるために、祈祷を行なった。

するとその後鬼は、三月《みつき》ほど現われなかった。后の様子も落ち着き、元に戻ったようである。そこで、天皇が后の様子を見るために行幸《ぎょうこう》され、后と会って、しみ

じみと語られた。后も以前と変わりなく、嬉しそうに天皇との会話を楽しんでいる。

……祈祷の効果があったのか。

しかし、その期待はあっさりと裏切られる。突然、鬼が現われて、御几帳のなかに入って行ったのだ。その様子を見た后も、いそいそと鬼のいる御几帳のなかに入って行くではないか。

鬼の暴挙はそれに止まらなかった。

しばらくすると、鬼は天皇の下《もと》、大臣や公卿《くぎょう》たちが居並ぶ南面に躍《おど》り出た。誰もが、鬼の姿を見て驚いていると、すぐその後からあられもない姿の后も現われた。

そして、多くの人々が見ている前で、鬼と后は共に臥《ふ》せり、言葉に出来ないような行為を、誰に憚《はばか》ることもなく始めたのである。

やがて鬼が起き上がると、后と鬼はまた揃《そろ》って御几帳のなかへ戻ったという。

物語は唐突《とうとつ》にここで終わり、高貴な女性はこうした僧侶に近づいてはいけないと結ばれている。

第十二話

悪鬼《あっき》に喰《く》われた娘《むすめ》

珠のように育てられた娘を襲った初夜の惨劇

出典

『日本霊異記』中巻第三十三

日本では、鬼は古くから恐れられており、酒呑童子《しゅてんどうじ》や鬼ヶ島《おにがしま》など、鬼にまつわる伝説は各地にみられる。平安京《へいあんきょう》にもしばしば現われ、都の人々を震撼《しんかん》させた。

しかし、本来、鬼は人に見える存在ではなかった。『倭名抄《わみょうしょう》』には、鬼の語源は「隠《おん》」とある。読んで字のごとく、人の前には姿を現わさないのが鬼の本質であり、鬼を見た人間は喰《く》い殺されてしまう。それゆえ、鬼の目撃証言は残らないし、住処《すみか》も山奥や遠い島なので、人に見られることもない。鬼の存在は、気配と、食い散らかされた人間の痕跡《こんせき》のみで存在していたのである。

大和国に都があった時代の話である。

宮城《きゅうじょう》の近くに、鏡作造《かがみつくりのみやつこ》という姓を持つ家があった。宮城に納める鏡を代々にわたって作っていた豪族《ごうぞく》で、非常に裕福な家だった。

この家には娘が一人いた。花にたとえても月にたとえても、その美しさを表現するには足りないといわれるほどの美女で、その噂は大和国はもとより、周囲の国々にまで知れ渡っていた。

当然のことながら、娘に求婚する男は後を絶たず、あちこちから、連日のように、娘と結婚したいという男がやってきた。その誰もが名家であったが、娘の婚姻《こんいん》はいつまで経っても決まらなかった。

鏡作造の家は非常に気位《きぐらい》が高く、しかも、娘の両親は強欲《ごうよく》だったので、

……うちの娘ほどの器量《きりょう》よしなら、もっと金持ちの夫が見つかるはずだ。

と考えていたからだ。

そのため、様々な言い訳をしては、よりよい条件の縁談を求めて求婚を断り続けてきたのである。

しかも両親は、娘が男とつき合いを持つことも許さなかった。どんな美しい珠《たま》でも、傷がつけば値打ちが下がると思っていたからだ。おかげで、娘は年頃だというのに、恋や性については、まるで幼女のように無知のままだった。

そうした娘の結婚相手がついに決まる時がやってくる。

ある日、鏡作造家に三台の荷車が送られてきたのが決め手であった。その荷車には、美しい様々な色の絹布《けんぷ》がぎっしり積み込まれていた。

娘は、その美しい絹布に心惹《こころひ》かれ、贈り主との結婚を望んだ。これまでにも何度か同じ人物から贈り物があり、両親はその見事さに興味を抱いていたところであったから、

「これだけの品をたびたび贈ることができるのだから、さぞかし大金持ちに違いない」

と、この求婚に飛びついた。当時、絹布は天皇の一族であっても、めったに手に入らないほど貴重な宝だったのである。

贈り物に添えられていた手紙の署名は、両親が耳にしたことのない名だったが、気に留めなかった。なにしろ、娘に求婚する男は、全国各地からやってきていたので、両親の知らない人物であっても何ら不思議はなかった。

いよいよ、その日がやってきた。

両親が吊り戸《つど》の隙間《すきま》から外をうかがっていると、夜の闇のなかに、黒々とした影が浮かび上がった。その姿は、高い烏帽子《えぼし》をかぶり、袖《そで》の長い衣をまとっているように見える。

「あの身なりは、かなり身分の高いお方のようだ」

と、貴公子《きこうし》の姿に両親はすっかり安心した。

当時の婚姻は婿《むこ》が嫁の家へと通う「妻問婚《つまどいこん》」の形をとる。婿が三日間女性の家へ通うと、婚姻が成立する習慣があった。

この習慣に倣《なら》い、人影は、吹き抜けの渡り廊下を通り、衣擦《きぬず》れの音を立てながら、明りの灯《とも》る娘の部屋へとまっすぐに入って行った。

気になって仕方のない両親がじっと耳を澄ませていると、しばらくして、娘の「痛い！」という声が聞こえた。

「痛がっているぞ」

「初めての時は、痛いものでございますよ」

「そうだな。娘はわしの言いつけを守って、生娘《きむすめ》のままだったようだ」

さらにしばらくすると、今度は、

「痛い、痛い、痛い！」

と、三度続けて、娘の声が聞こえた。

父親は心配したが、母親は、

「いえいえ、初めて通じるときは痛いものです。そのうち、あの子も女の喜びを知ることでしょう」

と、動じない。

ふたりは今後の豊かな生活を夢見ながら、眠りについた。

明け方になると、渡り廊下を歩く足音が聞こえた。どうやら、婿殿が帰るようだ。やがて物音が無くなると、母親は娘の部屋へと向かった。

「首尾《しゅび》はうまくいったかえ?」

母親は、優しく声をかける。

ところが、娘の部屋からは、物音ひとつしない。変だと思い、戸を開けた途端、母親は腰を抜かすほど驚いた。

なんと、部屋のなかは真っ赤な血に染まり、そこに娘の頭と一本の指だけが転がっていたのである。娘の目は恨《うら》めし気に母親を見据えている。贈り物の絹布は、すべて獣の骨に姿を変えており、荷車も、呉茱萸《からはじかみ》の木になっていた。

欲を張り、高価な贈り物に目がくらみ、素性も知らぬ男に娘を差し出した両親。嘆き悲しんだが、もうすべてが遅かった。

周囲の人々は、鬼が喰ったのだと噂したという。

『今昔物語集《こんじゃくものがたりしゅう》』巻二十七にも、平安京において若い女官《にょかん》が木陰へ誘い込まれ、またたく間に喰われてしまう物語がある。鬼の恐ろしさを象徴する物語である。

第十三話

蛇《じゃ》性《せい》の婬《いん》

夢見がちな青年が恋をした美しくも邪な神

出典

『雨月物語』巻之四

『雨月物語《うげつものがたり》』は江戸時代後期、上田秋成《うえだあきなり》によって著わされた読本作品である。近世日本文学の代表作で、短編小説集の形式を採り、五巻五冊に九篇の怪談物語が収められている。それぞれが実に妖《あや》しい魅力にあふれており、しかも、各話がそれぞれの話の独立性を持ちながら、順次に連環的に配置されているという、全編を通しても、緊密で高度な完成度を誇る。

「蛇性の婬」は巻之四に収録される作品で、紀伊《きい》の豊雄《とよお》という男に付きまとう蛇の物語である。蛇は神として崇《あが》められる一方、その外見と特有の動きから執念深さを象徴する存在と見られてきた。そうした蛇の習性が色濃く映し出される話である。

かなり古い時代の話である。

紀伊半島の南端、太平洋に面した紀伊国の三輪《みわ》が崎《さき》というところに、大宅《おおや》の竹助《たけすけ》という人物が住んでいた。漁師を多く抱え、なかなか裕福な暮らしを送っていた。

この竹助にはふたりの息子とひとりの娘がいた。長男は真面目でよく働き、娘はすでに大和へ嫁ぎ、幸せに暮らしていた。

問題は、この話の主人公である三番目の子・豊雄である。豊雄は、優しい性格で、風流を好む愛すべき人物ではあったが、手に職をもとうとしない厄介者《やっかいもの》だった。

九月下旬のある日のことだった。

新宮《しんぐう》の神官《しんかん》安倍弓麿《あべのゆみまろ》を学問の師として通っていた豊雄は、帰ろうとすると雨が降ってきたので、師匠の家で傘を借り、飛鳥《あすか》神社の辺《あた》りまでやってきた。雨は次第に強くなり、歩くのも困難になったので、豊雄は近くにあった知り合いの漁師の小屋を借りて雨宿りすることにした。

豊雄が小屋の中で休んでいると、外から若い女の美しい声が聞こえてきた。

「この軒下《のきした》をちょっとお貸しください」

そう言って扉を開けて入ってきた女は、まだ二十歳にならないほどの若さで、非常に艶《つや》っぽく美しかった。召使《めしつか》いらしい十四、五歳の少女が包みを持って付いていたが、傘をもたず二人ともびしょ濡れだ。かすかに乱れた濡れた女の髪が白い頬《ほほ》に張り付いているのが、いやに艶《なまめ》かしかった。

じっと豊雄が見つめていると、それに気づいた女は恥ずかしそうに顔を赤らめ、困ったように微笑《ほほえ》んだ。その上品な仕草《しぐさ》に、豊雄はすっかり惹《ひ》かれてしまった。

「もう少し、こちらのほうに入りなさい。雨もしばらくしたら止むでしょう」

豊雄は体をずらして女を迎え入れた。狭い家のなかだ。必然的に豊雄との距離は近くなる。近くで見ると、女はますます美しかった。

……まるでこの世のものではないかのような美しさだ。こんな美人が近所にいて、評判にならないはずがない。きっと都からきた尊い身分の方に違いない。だとしたら、どこかに宿をとっているのだろうか。

気になった豊雄は声をかけてみた。

「都からきた人とお見受けしますが、どちらにご滞在でしょう？　今日初めて会った人をお送りするのも失礼でしょうから、この傘を持ってお行きください」

「ご親切にありがとうございます。けれども私、都の者ではありませんの。住んでいる場所も、そう遠くはありませんし、今日は那智《なち》神社にお参りにきたのです」

「そうでしたか。では、やはりこの傘をお持ち下さい。雨はしばらく止みそうにありませんし、何かのついでに返していただければ結構です」

そう言って豊雄は自分の傘を女に貸し、後日引き取りに訪ねる約束をした。女は「県《あがた》の真女児《まなご》」と名乗った。

その夜、豊雄は真女児の家を訪れて接待を受けている夢を見た。豪華な門の屋敷でさまざまな酒や果物でもてなされ、そして美しい真女児と一夜を明かす夢だった。

翌日、実際に真女児から昨日聞いた家の場所を訪ねてみると、そこには、夢で見たのと全く同じ立派な屋敷があった。その屋敷で豊雄はやはり夢と同じように素晴らしい接待を受けた。楽しい時間を過ごしていると、ふと豊雄は真女児の素性が気になった。すると真女児は、豊雄の心を見透かしたように、

「私はもともと京の生まれで、国司《こくし》に仕える役人の男に嫁いだのですが、今年の春、夫が病で亡くなりました」

と身の上を語りだした。そして、聞き入る豊雄に向き直ると、

「私は頼る者のない孤独な身です。昨日、あなたを本当に優しい方だと思いました。どうぞ、私を妻にしてくださいませ」

と、頭を下げたのである。

その言葉に豊雄は舞い上がるような心地になった。しかし、豊雄は職を持たない身である。妻を持つ資格はないと迷ったが、真女児の熱心な気持ちを聞き入れ、結婚を承諾した。

豊雄の返答に、「嬉しい」と微笑んだ真女児は、宝物の太刀《たち》を結納《ゆいのう》として豊雄に渡した。前の夫が大切にしていたものだというそれは、金や銀で装飾された古代の太刀であった。その立派さに豊雄は怖気《おじけ》づいたが、結局は貰《もら》って家に帰った。

しかし、あまりに立派な太刀を豊雄が持っていることを兄が訝《いぶか》り、調べたところ、なんと、その太刀は熊野権現《くまのごんげん》（速玉大社《はやたまたいしゃ》）の宝物殿《ほうもつでん》から盗まれたものであることが判明した。豊雄は盗賊と疑われ、大宮司《だいぐうじ》の前につき出されてしまう。

「私は盗賊ではありません。これは、真女児という女から貰ったものです」

豊雄は必死に潔白《けっぱく》を訴えた。女から求婚され、その際に貰ったものだと告げると、

「では、その家に行こうではないか」

ということになった。

こうして大宮司の館《やかた》の武士たちと共にその家に向かうと、その家は荒れ果てて、昨日見たものとは全く様子が違っていた。

美しかった池は枯れ果てて水草もなく、藪草《やぶくさ》が生い茂り、松の木が倒れている。

一人の勇敢な武士を先頭に一行が屋敷のなかへ入る。客座敷の格子戸《こうしど》を開けると、生臭い風が向かって吹き付けてきた。一行は一瞬怯《ひる》んだが、風が止むと再び歩みを始め奥へと進んでいく。板を踏みしめるたびに、一寸《すん》ほど積もった塵《ちり》が舞った。や

がて古い衝立が目に入ると、その横にその女がいた。真女児である。

彼女は何ら臆《おく》することなく、艶《あで》やかな衣装をまとったまま、板の間に座っていた。

「お前が真女児だな。国司がお前をお召《め》しになっている。下手な抵抗はせずに大人しくついて来い」

武士が近寄って捕えようとすると、地が裂けるような落雷が鳴り響いた。逃げる間もなく多くの屈強な武士たちが地にひれ伏した。ようやく落ち着いたかと思い辺りを見回せば、真女児はいつの間にか姿を消してしまった。

その家からは、権現様の御宝殿から盗まれた数々の宝物が見つかった。

これにより、泥棒は妖怪の仕業《しわざ》であるとされ、豊雄の罪は軽減された。しかし、神社の宝物を持っていた罪は免《まぬが》れず、豊雄は百日間の入牢《じゅろう》を強《し》いられた。

父と兄の嘆願によってどうにか釈放されたものの、すっかり心身ともに傷ついた豊雄は、両親の勧《すす》めもあり、大和国へ嫁いだ姉の元で暮らすことになった。嫁ぎ先は商家で、豊雄を優しくもてなしてくれ、豊雄の心も少しずつ回復に向かった。

そんなある日、豊雄が居候《いそうろう》する商家へ真女児とあの侍女が訪ねてきたのである。

その姿を見た豊雄は仰天《ぎょうてん》し、恐怖に打ち震えながら奥へ逃げ込んだ。

しかし、真女児は、悪びれるところもない。

「あの宝は、元の夫が盗んだものでございます。あなた様を罪に陥《おとしい》れたことが申し訳なく、こうして居所を探してまいりました」

と語り、屋敷が荒れ果てていたのも、隣家の老人を味方にして、荒れ果てたような様子に見せかけただけだと訴えた。その後もあれこれと言い訳をしながらも、さめざめと涙を流しながら話す真女児の様子を見ているうちに、豊雄はすっかり得心《とくしん》してしまった。元はといえば、その美しさに心ときめき、一度は妻に迎えようとまで思った女だ。結局、豊雄は真女児と結婚して夫婦となった。

その後二人は、姉の夫婦の元で仲睦《なかむつ》まじく暮らすことになった。真女児は姉夫婦に気に入られるように努《つと》め、姉夫婦も真女児のことをよく可愛がった。

翌月、豊雄と真女児は吉野《よしの》へ旅に出た。真女児は辞退したが、義兄が熱心に勧めたため、渋々《しぶしぶ》同行することにしたのである。

やがて吉野に到着し、滝の近くで弁当を食べていると、一人の老人が近づいて来た。何かを察した真女児と侍女は見ないふりをしている。しかし老人は、真女児と侍女をよくよく見ると、

「わしの目をごまかせると思うのか。この邪神《じゃしん》め」

と険《けわ》しい小声を発した。すると、次の瞬間二人は飛び上がって滝に身を投げてし

まう。その途端、激流が大空に向かって沸き上がり、真女児と侍女はそのまま姿を消したのだった。突然の出来事に辺りが騒然とするなか、老人は豊雄を引き連れて麓《ふもと》の里まで下りていった。

麓のあばら家まで来たところで、老人は、「そなたはあの邪神に悩まされておる。わしが助けねば命を奪われるところであった。あの邪神の正体は、年を経た大蛇《だいじゃ》である。大蛇の性は淫蕩《いんとう》で執念深い。今後二度と邪神に近づかないように」と、老人は、豊雄に警告した。

その後、豊雄は紀伊国に帰ると、独り身でいるから、妖怪が取《と》り憑《つ》くのだという両親・兄夫婦の勧めに従い、富子《とみこ》という新たな妻を迎え入れることになった。

富子は都の内裏《だいり》へ仕えていた采女《うねめ》であり、長年の勤めを終えて里に帰ってきたのだ。都の洗練された振る舞いに、豊雄はすっかり惚《ほ》れこんでしまった。

二人が結婚して二日目の晩のことである。豊雄がほろ酔い加減に富子へ戯《たわむ》れかかったところ、富子が不意に低い声を発した。

「以前からの契《ちぎ》りを忘れ、このような女を寵愛《ちょうあい》するとは……」

それはまごうこと無き真女児の声であった。

「紀伊路の山々がどれほど高くとも、あなたを殺してその血をもって峯《みね》から谷まで注ぎ落としてみせましょう」

　そうすごんだ顔は富子のものである。しかし、その表情は紛れもない真女児のものであった。真女児が富子に取り憑いたのだ。そう気付いた豊雄はあまりの恐怖に気を失ってしまった。

　朝になり寝間《ねま》を抜け出した豊雄は舅《しゅうと》にすべてを話した。話し合いの結果、鞍馬寺《くらまでら》にたいそう霊験のある僧がいるので、その僧に助けを求めること決まった。

　急いで鞍馬寺に知らせを出すと、しばらくして一人の僧がやってきた。

「このような魔性のものを相手にするのは慣れております」

　僧は自信満々にそう言うと、なにやら調合した薬を入れた小瓶《こびん》を持って真女児のいる寝間を開けた。

　寝間には巨大な蛇が待ち構えていた。大きく開いた口は今にも僧を丸呑みしそうな勢いであった。

　僧は「うわっ」と叫ぶと、薬の入った小瓶を落として寝間から転がり出た。蛇の毒気にあてられたせいで全身が赤黒く染まり、看病のかいもなく僧はとうとう死んでしまった。

……恐ろしい執着《しゅうちゃく》だ。もはや真女児から逃げることはできないのかもしれない。ああ、このまま私のせいで他の人まで巻き込んでしまうくらいならばいっそのこと、覚悟を決めてしまったほうが良いのだろうか。

そう考えた豊雄は家の者が止めるのも聞かずに寝間へ行き、真女児と向かい合った。

「私を捕らえるための相談ばかりして……あなたはどうして私にひどいことばかりするのですか？　今後もこのようなことを続けるのであれば、あなただけでなくこの里《さと》の人々もただではすみませんよ。私があなたに一途《いちず》であるからといって、浮わついた心を持ってもらっては困ります」

この期《ご》に及んで媚《こび》を売るような声色《こわいろ》に、豊雄は背筋が粟立《あわだ》つのを感じた。

豊雄は最後の望みとして、道成寺《どうじょうじ》の法海和尚《ほうかいおしょう》に助けを求めた。道成寺は安珍《あんちん》・清姫《きよひめ》の伝説で知られる紀伊の古刹《こさつ》である。話を聞いた和尚は豊雄に袈裟《けさ》を与えた。

「これを持って先にお帰りなさい。私もすぐに参ります。私が駆けつけるまで、真女児をこれで取り押さえておくのです」

家に戻った豊雄は渡された袈裟を隠し持って寝間に行くと、部屋のなかにいる真女児に優しく声をかけた。

「真女児。私はお前の気持ちに応《こた》えよう。だから、どうか富子は許しておくれ。そうしたら、私をどこに連れて行ってくれても構わない」

「その言葉をお待ちしておりました」

真女児が喜びの余りに寝間から飛び出ると、豊雄はすかさず和尚の言葉に従って、袈裟で真女児を押さえつけた。真女児が悲鳴をあげた。

「ああ、苦しい！　よくも私を騙《だま》したな！　どうしてお前はそう薄情なのだ！　どうかこの手を少しは緩めておくれ、苦しくてたまらない！」

もがく真女児を豊雄が必死に押さえつけていると、ようやく法海和尚の乗った輿《こし》が到着した。

和尚がブツブツと口のなかで呪文《じゅもん》を唱《とな》えると、やがて真女児は大人しくなった。袈裟を取ってみると、そこには気を失った富子と三尺《じゃく》（およそ1メートル）ほどの白い蛇がいた。和尚はこの蛇と、さらに現われた小蛇を捕えた。

和尚は二匹の蛇を鉢《はち》に入れてさきほどの袈裟で包みこむと寺に持ち帰った。寺のお堂の前を深く掘らせるとこの鉢を地中深くに埋めてしまい、この恐ろしい大蛇の化身が二度とこの世に現われることのないように封印《ふういん》した。

その後、富子は病気でこの世を去ったが、豊雄は命を全うしたと伝えられている。

第十四話

女《おんな》の生首《いきくび》

断ち斬られた生首と愛を語り合った修行僧

首の怪異《かいい》として、すぐに思い浮かべるのが「ろくろ首」だ。実はろくろ首には二種類ある。一つは、首が胴体から離れないまま長くのびるというもので、もう一つは、頭部が胴体から完全に離れて飛んでいくというものである。離れて飛ぶものは、中国に伝わる「飛頭蛮《ひとうばん》」という妖怪の影響を受けており、長くのびる方は、江戸期の図像表現によって登場した新しい妖怪だとされている。「女の生首」はこの二種のろくろ首とは異なるが、首だけとなっても恋人の側《そば》にあり続けようとした女の話である。

出典
『新御伽婢子』

江戸時代の初め頃のこと。京の都に、浄土宗《じょうどしゅう》の寺で修行中の若い僧がいた。彼には、在俗《ざいぞく》の時から深い関係を持った恋人がいた。出家《しゅっけ》して俗世《ぞくせ》を捨てた時点で、恋人とも縁《えん》を切るのがしきたりということは僧にも分っていたが、僧はどうしても恋人と別れることができず、寺に入った後も、密《ひそ》かに関係を続けていた。

相手を想う気持ちは、女の方も変わらない。別れなければと分かってはいても、どうしても諦《あきら》めることができないまま時が流れていった。

そうした二人を引き裂くことが起きた。

師僧《しそう》の命令で、僧が関東の学問所に入って、浄土宗の奥義《おうぎ》を極めなければならなくなったのだ。

学問所は、京から遠く離れた下総飯沼《しもうさいいぬま》（現在の茨城県常総《じょうそう》市豊岡《とよおか》町）の弘経寺《くぎょうじ》。関東十八檀林《だんりん》（宗教学校）の一つに数えられる古刹である。当時の浄土宗の修行僧は幕府公認の檀林に寄宿して宗門《しゅうもん》の教えを学ぶのが常であった。

浄土宗の僧として通らねばならぬ道であったが、ひとたびはるか東国の檀林に入れば、京には当分戻ることは敵《かな》わず、東国《とうごく》行きは女との別れを意味していた。

それでも女と別れたくなかった僧は、病を理由に出立を先延ばしにしていたのだが、さすがにいつまでも嘘をつき続けることはできない。僧は苦しんだ末に覚悟を決め、女に別れを告げた。

僧からの別離の言葉を鴨川《かもがわ》の畔《ほとり》で聞いた女は、すべてを受け入れたのか、何も言わずに去っていった。

いよいよ僧の旅立ちの日がきた。

まだ夜も明ける前の早朝、僧は京を出た。

女も見送りに来た。僧は名残惜《なごりお》しくて、そろそろ戻るよう促《うなが》さなければと思ってはいたが、どうしても離れられない。

結局二人は、無言のまま手を取り合い、都外れの粟田口《あわたぐち》まで来てしまった。ここを出れば山を越えて近江《おうみ》へと入る。これ以上女がついていくことは出来ない。あたりには鳥の声が聞こえ、空に光が射すのも目前だ。いよいよ別離のときが近づいた。

「名残は尽きないが、陽が昇れば人目につき、噂《うわさ》になるかもしれない。今は辛いけれど、きっといつか巡り合うこともあるだろう。二人の眺める月は、どんなに離れていても一つ。ここで別れましょう」

僧は、思い切って女に告げた。

しかし、女は首を縦に振らない。

「嫌です。あなたとお別れするぐらいなら死んだほうがましです」

と咽《むせ》び泣き、懐《ふところ》に手を差し入れた。彼女が懐中《かいちゅう》から取り出したのは、なんと小《こ》脇差《わきざし》である。思わぬ事態に慌《あわ》てる僧。

「そ、それをどうなさるおつもりですか！」

しかし、女はあくまで落ち着いていた。

「どれほど願ってもお連れいただけないことは、十分にわかっております。もう覚悟はできています。お願いですから、この刀で私の首を刎《は》ねてください。そして、二人の愛の形見《かたみ》に、私の首をずっとお側においてくださいませ……」

と言いながら、女は刀を僧に手渡した。

……それほどまでに思い詰めていたのか。

僧は、女が哀れでならなかった。とはいえ、これまで共に過ごしてきた恋人の首を刎ねるなど、できようはずもない。

それでも女は、死を決し必死で訴えてくる。

辺りはさらに明るくなり、もう時はなかった。

……今更《いまさら》、一人で帰れとも言えない。

共に歩んできた道。自分を想う余りに女が狂ったのであれば、もはや共に狂うしか道はない。

覚悟を決めた僧は刀を鞘《さや》から抜き放った。女の細い首に刃《やいば》を押し付けると、女は身を屈《かが》めて首筋を僧の前に差し出した。僧は、

「許せ！」

と叫びながら刀を振り上げ、女の首を一刀《いっとう》のもとに斬《き》り落とした。頭部を失った女の胴体がどうっと倒れ、一条の長い血潮《ちしお》が噴き出す。辺り一面、血の海である。

僧は刀を放り投げると、震える手で愛する女の生首を油紙《あぶらがみ》で包み、荷物の一番底のほうに隠して、東海道《とうかいどう》を東へと向かった。

やがて弘経寺に入った僧は、学寮《がくりょう》の一部屋を与えられ、修行生活に入った。それからしばらくすると、学寮に住む僧の間で、妙な噂が囁《ささや》かれるようになった。

「おい、京から来た新入りの部屋から、女の声が聞こえないか?」

「確かに聞こえる」

女の声を聞いた僧は何人もいた。しかも、僧がどこかに出かけて帰った後などは、とくに艶《なま》めかしい声色の声が聞こえ、嬉しそうに語らっているのだ。あまりに不思議なので、ある日、隣室の僧が、壁の隙間から、そっと件《くだん》の部屋を覗いてみた。

しかし、誰もいない。そもそも僧坊《そうぼう》は非常に狭く、女を一人匿《かくま》う空間などあるはずもなかった。

「気のせいか……」

結局、詮索《せんさく》するのをやめてしまった。

三年の月日が流れた頃、僧のもとに、京にいる母親が危篤《きとく》だという報《しら》せが入った。僧は、取るものも取らず、修行を休んで、京に帰った。

それからひと月もすると、学寮で奇妙なことが起きた。声を上げて泣き叫ぶ女の声を、大勢の僧が耳にしたのだ。その声は、誰もいないはずの、京へ戻っている僧の部屋あたりから響いてくる。

弘経寺の山内では、

「あの恐ろしい女の声は何だ！」

と大騒ぎになる。

そこで、隅々《すみずみ》まで調べようということになった。

しかし学寮のどこを探しても、女などいなかった。そこで、いよいよ、誰もいないはずの僧の部屋を調べることになった。

戸の鍵を開けてなかに入ってみたが、やはり誰もいない。

ただ、隅の方に、丸い木箱があった。近づいてみると、そのなかから女のすすり泣きのような声が、確かに聞こえる。

修行僧たちがおそるおそる蓋《ふた》を取り、なかを改めてみると、そこには、幾重《いくえ》にも油紙で包まれた何かが入っていた。どうやら、謎のすすり泣きの正体はこれのようだ。

油紙が一枚ずつ、慎重に剝《は》がされていった。

そして、すべての油紙が剝がされたとき、修行を積んだ僧たちも、腰を抜かさんばかりに驚いた。

現われたのは、若い女の生首だった。綺麗に化粧がほどこされていて、肌は生きているかのように艶々《つやつや》としている。泣き続けていたようで、目は真っ赤に充血していた。

女の生首の目は、呆然とする僧たちをぐるりと見回すと、恥ずかしそうにうつむいたのち、じわじわと萎《しお》れ、茶褐色《ちゃかっしょく》の干し首になった。

一部始終を見届けるや、修行僧たちは転がるようにして部屋から飛び出し、住職のもとへ駆け込んだ。報告を受けた住職は、事情がわからないながらも、女の生首を手厚く弔《とむら》い、境内《けいだい》の片隅《かたすみ》に葬《ほうむ》ったという。

それから数日後、上方より飛脚《ひきゃく》がやって来て、京に戻っていた僧が急死したことを告げた。

「かの僧は某日病を得て急死いたしました。私物は、適当に処分してください」

その文面に書かれていた僧が死んだ日は、まさしく女の生首が発見された日と同じだったという。

第四章
妖の章

第十五話

黒姫《くろひめ》と黒龍《こくりゅう》

龍の化身に魅入られ空高く連れ去られた美しい姫

出典

『信濃奇勝録』

長野と新潟のほぼ県境にそびえる黒姫山《くろひめやま》は、標高二〇五三メートル。山全体がこんもりと丸く、どっしりした佇《たたず》まいを見せている。黒姫山の山麓一帯は長野県上水内郡《かみみのち》信濃町《しなの》という。水内とは「水主《みずぬし》」、すなわち水の霊《れい》を意味し、村人は昔から水内の神はみづち、蛇であると伝えてきた。みづちとは、龍の一種である。

この地に伝わる黒姫と黒龍の恋愛譚である黒姫伝説は、古くは『信濃奇勝録《きしょうろく》』のなかに「岩倉池《いわくらいけ》の龍蛇高梨《たかなし》家の息女に懸想《けそう》して不叶其仇《かなわずそのあだ》を報《むく》い為に水難をなせし」という一文に見ることができる。この伝説は民話として信濃の人々に語り継がれている。

戦国時代、信濃国中野《なかの》(現在の長野県中野市)の鴨ケ岳《かもがたけ》という山の麓《ふもと》に、小館城《おだてじょう》という城があった。城主は高梨摂津守政盛《せっつのかみまさもり》という殿様で、たいそう美しい姫君がいた。姫君の名を黒姫という。

ある日、政盛は黒姫と多くの家臣を連れて、東山《ひがしやま》へと花見に出かけた。

その日はとても天気が良く、春の空にくっきりと五岳《ごがく》が並ぶ様は非常にのどかで美しかった。全山が桜の花に覆《おお》われている景観は見事なもので、政盛は殺伐《さつばつ》とした戦国の日常を忘れて、家臣たちと盃《さかずき》を交わし、陽気に花見を楽しんでいた。

盃が進み、政盛や家臣たちにも酔いが回り始めた頃のことである。

桜の花の間から、小さな一匹の白い蛇がするすると木を伝って降りてきたかと思うと、黒姫の側《そば》にきて動きを止めたのだ。

その様子は、まるで「宴《うたげ》に加わりたい」と訴えているかのようで、興味を抱いた政盛は、こんな冗談を言った。

「どうやら白蛇も一緒に花見を楽しみたいようだ。黒姫、蛇に盃をあげてごらん」

黒姫は、白蛇を気味悪がるわけでもなく、微笑《ほほえ》みながら、

「どうぞ」

と言って、酒を注いだ盃を差し出した。

白蛇は、盃の酒を一気に飲み干すと、満足気な様子でどこかへ姿を消した。

その日の夜のことである。

寝室で眠っていた黒姫は、何やら怪《あや》しい気配《けはい》に目を覚ました。おそるおそる目を

開けてみると、なんと枕元に見知らぬ小姓《こしょう》が座っているではないか。

「誰ですっ！」

黒姫は怯《おび》えながらも気丈《きじょう》な態度で小姓に尋ねた。

「私は、今日の昼、姫様から盃を頂戴《ちょうだい》した者です。以来、あなたのことが恋しくて恋しくてたまらなくなりました。どうか私の妻になってくれませぬか」

黒姫は訝《いぶか》しげに小姓を見た。今日の昼間、自分が盃をあげた者といえば、白蛇しか思い当たらない。

……ということは、この者は、あの白蛇の化身《けしん》？

黒姫は自分の不安な気持ちをなだめるようにぎゅっと手を握り締めた。冷静になって、もう一度、目の前にいる小姓をよく見てみる。

小姓は、とてもきれいな身なりをしている上、とても凛々《りり》しく、礼儀正しかった。思わず見とれてしまいそうな若者である。

黒姫の心はときめき、思わず頬《ほほ》が熱くなるのを感じた。

……この者《もの》が、私を妻にしたいと言ったのか？

しかし、相手は白蛇の化身。しかも結婚となれば、自分が勝手に決められることではない。

「そのようなお話は、私の一存では決められません。どうか日を改めて、父の政盛をお訪ねくださいませ」

黒姫の言葉を聞いた小姓は頷《うなず》くと、すっと姿を消した。黒姫はしばらくの間、さっきまで小姓が座っていたはずの場所を呆然《ぼうぜん》と見つめていた。

それから数日後のことである。

黒姫の枕元に現われたあの小姓が再び姿を現わした。

黒姫の言葉通りに、父である政盛の元を訊《たず》ね、

「姫様を嫁にいただきたい」

と正式に申し入れに来たのだ。あの夜のことは、夢だったのではないかとすら思っていた黒姫は、あれが現実だったと分かり、大いに驚いた。

一方の政盛は、見定めるような視線で目の前の若者を眺めた。物腰《ものごし》や態度が非常に立派で、非の打ちどころのない相手であることは感じ取れる。しかし、相手の身元が分からない。

「見たところ、なかなか立派な身分の者であるように見えるが、お前はいったいどこの誰なのだ？　なぜ黒姫を嫁に欲しいのだ？」

「私は、湯《ゆ》の山《やま》の奥、大沼池《おおぬまいけ》の主《ぬし》で黒龍《こくりゅう》と申します。先日は、うららかな春の日

差しに誘われ、白蛇に姿を変えて桜を見に出かけました。その時、黒姫様のお姿を拝見し、あまりの美しさに心奪われ、しかも、盃までいただきました。あれ以来、私は黒姫様を忘れることができません。人の身でないことは重々承知しておりますが、どうか、結婚をお許し下さい」

目の前の人物が龍の化身であることに驚いている政盛に、小姓はさらに言う。

「この姿を龍に変え、黒姫様をさらうことはたやすいことです。しかし、私はそのような礼を欠いた無粋《ぶすい》な行ないは好みません。きちんと礼を尽くさねばと思い、こうしてお願いに参ったのです」

そう言って礼を尽くす姿は気品にあふれ、実に好感の持てるものだった。しかし、政盛は首を縦には振らなかった。

「気持ちはわかったが、人外《じんがい》の者に姫を嫁がせることはできぬ」

と、きっぱり断ったのだ。

小姓はそのまま立ち去った。しかし、次の日もまたやって来て同じ願いをした。そのたびに政盛は人外の存在であることを理由に断ったが、それでも小姓は諦《あきら》めない。次の日も、次の日も、毎日、政盛の元を訪れ、同じ願いを繰り返したのだ。

すっかり困った政盛は、家来に命じて門の固めを頑丈《がんじょう》にした。警護《けいご》の兵も増やして、小姓を城内へ入れないようにした。しかしそれでも、小姓はまるで風のように政盛の前に現われ、毎日同じ願いを繰り返したのである。

やがて季節が進み、五岳の上に夏雲が湧きだした頃、ついに小姓の日参は百日目を迎えた。この日、小姓の態度はこれまでとは明らかに違っていた。

「私はこれで百日、お願いに参りました。もし結婚をお許しいただけるのであれば、湯の山四十八池の眷属《けんぞく》をあげて高梨家をお守りしましょう。しかしお許しをいただけないのであれば、ご領地の村々に災《わざわ》いが降りかかるでしょう。どうか、よくお考え下さい」

小姓のきっぱりとした口調《くちょう》は、それが彼の本意であること示していた。

……大切な娘を人外の者に嫁《とつ》がせることなどとてもできない。しかし、村に降りかかる災いを黙って見過ごすことなどできようはずもない。

政盛の背を冷や汗が伝った。どうにかして小姓の願いを諦めさせる手段はないものかと必死に頭を巡らせる。そして、政盛は思いついたある案を口にした。

「よし、黒龍よ。お前の決意、聞き入れた。それでは明日、城に来るがいい。わしが馬で城の周りを二十一周するから、その後を遅れずについて来い。もしそれを遂《と》げることができれば、姫を嫁にやろう」

小姓は喜んでこれを了承し、翌日、競走が行なわれることになった。

そして翌日、いよいよ競走が始まった。

政盛は、馬に乗り、一気に走り出した。小姓も負けじとついていく。しかし、政盛は名だたる乗馬の名人。小姓は何周かするうちに疲れ果て、ついに黒龍の姿に戻っていた。

それでも這《は》いずるようにしながら黒龍は政盛の後を追った。すると、どうだろう。黒龍の体が、みるみるうちに切り裂かれて傷だらけになり、血があちこちから流れ始めたではないか。実は、政盛はこうなることを予測し、家来に命じ、城の周りに刃《やいば》を上にした刀を植えさせていたのである。黒龍は、血を流しながらも、必死に政盛の後を追い、ついに城の周りを二十一周回り終えた。

「私は約束を果たしました。どうぞ黒姫を妻にすることをお許しください」

黒龍の体は傷だらけで、言葉を発するだけで苦しそうだった。けれどもその目だけは喜びに輝いている。

しかし政盛は、そんな黒龍に罵声《ばせい》を浴びせた。

「何をふざけたことをぬかすか！　異形《いぎょう》の者に娘を嫁がせることなどできないと何度言ったら分かるのだ。池に帰って自分のその醜《みにく》い姿を映してみるがよい。大沼池に帰れ！　さもなくば、家来に命じて斬り殺すぞ！」

黒龍の目が一瞬にして輝きを失った。しばし黙り込んでいた黒龍であったが、次第に身を震わせはじめる。その目には強い怒りの念が込められていた。

「百日の礼を尽くし、約束通り城の周りも走り抜いたというのに、それに対する言葉がこれか！　ええい、許せぬ。私は言ったはずだぞ。姫をくれぬのならば、村に災いが降りかかると！　湯の山にある四十八池を切って落としてくれよう」

黒龍は怒りを露《あら》わにして叫び、そのまま姿を消した。するとその直後、空が真っ暗になり、激しい嵐が起きた。

強い雨と風は夜になってもやまず、ますますその勢いを増していく。あちこちで半鐘《はんしょう》が鳴り響き続けた。やがて四十八池が氾濫《はんらん》し、洪水が村々を襲う。龍の咆哮《ほうこう》にも似たゴーッという音も聞こえてきた。村からはなす術のない人々の悲鳴が絶え間なく聞こえ、領内は阿鼻叫喚《あびきょうかん》の地獄絵図《じごくえず》と化した。

その様子を怯《おび》えながら見ていた黒姫であったが、このまま黙っていることはできなかった。引き裂かれそうな胸を抑え、黒姫は政盛の元へ向かった。

「愚《おろ》かな父上！　なぜ、約束を破ったのですか！　黒龍は、私をさらうこともできたのに、きちんと礼を尽くしました。それなのに、約束を破るなど、武士《もののふ》としてあ

るまじき事です。さあ、父上、今すぐ私を黒龍の元へやってください。罪のない村人を救わねばなりません」

黒姫は父をなじり、たしなめ、必死に頼み込んだが、それでも政盛は首を縦には振らなかった。ついに黒姫は庭へ飛び出すと、雨や風に髪が乱れるのも構わずに空に向かって叫んだ。

「黒龍よ、どうか嵐を鎮《しず》めてください。私はあなたに嫁ぎます。ですから、この嵐を止めて！」

すると、空から黒龍が現われた。黒龍は背中に黒姫を乗せて空高く舞い上がり、やがてある山の頂上に降り立った。

上から見る村は、城も家々も田畑も流され、あまりにも無惨《むざん》な有り様だった。

「なぜ、あんな酷《むご》いことを……。村の人々には何の罪もないのに……」

黒姫が泣きながら訴えると、黒龍は申し分けなさそうに目を伏せた。

「許してください。あなたの父上に裏切られ、怒りで我を忘れてしまいました」

その後、黒龍と黒姫は五岳のなかでもとりわけ美しい山で、共に暮らしたという。

いつしか黒姫山と呼ばれるようになったこの山の池で、今も黒龍と黒姫は幸せに暮らしていると伝えられている。

第十六話

三輪山《みわやま》の蛇神《じゃしん》

美少年に変化した蛇身の神と巫女の恋愛譚

出典
『古事記』

蛇と出合うことは古代でも忌《い》み嫌われていたが、これは、蛇が神の化現《けげん》だからこそである。

蛇は執念深《しゅうねんぶか》いイメージをもたれるが、一方で神聖化の傾向も見られ、多くの民族が蛇を崇拝《すうはい》し、蛇をめぐる物語も各地に分布している。『古事記《こじき》』のなかに見られる三輪山の神の話もそうした物語のひとつで、神が人間の男に化けて子孫を繁栄させる展開となっている。


大和《やまと》盆地の纏向《まきむく》に宮を構えた一〇代崇神《すじん》天皇の御代《みよ》の話である。

国中に疫病《えきびょう》が流行し、このままでは人民が死に絶えてしまうのではないかと案じられる事態に陥った。

天皇は心を痛め、神託《しんたく》を受けるために床《とこ》（神牀《かんどこ》）にお休みになった。すると、夜、天皇の夢のなかにオオモノヌシノ大神《おおかみ》が現われた。

「この疫病は、私の意思によるものだ。鎮めるには、オオタタネコを神主として、私を祀《まつ》らせよ。さすれば、神の祟《たた》りも起きず、国土も安らぐことだろう」

この神託を受けた天皇は、さっそく使いを出して、オオタタネコという人物を探させたところ、河内国《かわちのくに》の三野《みの》という村にいることがわかった。

さっそく天皇の前にその人物をお連れし、天皇が、

「そなたは誰の子じゃ」

と尋ねたところ、オオタタネコは、

「私はオオモノヌシノ大神の子孫です」

と答える。そして、

「オオモノヌシノ大神が、スエツミミノ命《みこと》の娘のイクタマヨリビメを娶《めあわ》して生み遊ばされたクシミカタノ命の御子《みこ》のイヒカタスミノ命、その御子のタケミカヅチノ命の子が、この私でございます」

と続けた。つまり、オオタタネコは祟りを成したオオモノヌシの子孫。

その言葉を聞いた天皇は、「これで天下は安らぎ、人々は栄える」と大いに喜ばれたという。

その後、天皇はすぐさま御諸山《みもろやま》にオオホミワノ大神（オオモノヌシノ大神の別名）

をお祀りし、オオタタネコを神主にした。

さらに、イガカシコヲノ命に命じて神聖な平たい土器を作り、天神《てんじん》・地祇《ちぎ》を祀る神社を定めた。また、宇陀《うだ》の墨坂《すみさか》の神には赤色の楯《たて》と矛《ほこ》、大坂《おおさか》の神には黒色の楯と矛を献じて祀り、坂の麓《ふもと》の神から川の瀬《せ》の神にいたるまで、幣帛《へいはく》を御奉献《ごほうけん》されたのである。

これにより神の怒りは治まり、天下が平和になったという。

さて、それではオオタタネコがどのような経緯で神の子孫として誕生したのか。そこには、神と人間の女性の恋愛物語が秘められていた。

オオモノヌシノ大神の子を生んだとオオタタネコが話したイクタマヨリビメは、類稀《たぐいまれ》な美貌をもつ女性だったという。

「タマヨリ」の名は神の依代《よりしろ》であることを意味し、姫は神霊を宿すことのできる巫女《みこ》であった。

ある日の夜中、部屋で眠っていた姫は、なにかの気配を感じて目を覚ました。ふと床の横をみると、眉目麗《びもくうるわ》しい若者が立っている。姫は警戒の目を向けながら身を起こしたが、若者は音もたてずに姫に迫ると、姫の腕をつかみその体を抱き寄せてしまう。

その振る舞いはなぜか、夜這《よば》いという粗野な行為でありながら高貴ささえ漂わせている。姫は引き寄せられるように若者を受け入れ、二人は睦《むつ》み合った。

その若者はその後もたびたびイクタマヨリビメの前に現われ、姫のもとで逢瀬《おうせ》を重ね、夜を明かす日々が続いた。若者は自ら名乗ることもなかったが、イクタマヨリビメもその素性を尋ねることもなかった。ただ、いつの日も朝になると若者の姿はなく、姫は心地よい余韻《よいん》のなかで目覚めるのだった。

やがてさほど時が経たないうちに、イクタマヨリビメはその身に若者の子を宿したことを知る。

周囲に男性の存在すらうかがわせなかったにもかかわらず、娘が身籠《みごも》ったことを知った姫の父スエツツミミは不可解に思い、

「なぜ、そなたは夫もいないのに、身籠ったのか？」

と尋ねた。するとイクタマヨリビメは、うっとりとした表情でわずかに膨《ふく》らみをもち始めた腹部をなでながら、

「とても美しい男の方が、毎晩いらっしゃって、一緒に夜を過ごしています。なんという方かは存じ上げません」

と答えた。

どこの誰とも知らない男だと聞いて、両親も放っておくことはできない。

そこで、なんとかして素性を突き止めようと、策を講じた。赤土《あかつち》と紡《つむ》いだ麻糸《あさいと》、針を用意し、

「この赤土を床の前にまき散らし、それから麻糸を針に通して、その針をその方の着物の裾《すそ》に刺しておきなさい」

と娘に指示した。

赤土を撒《ま》いたのは、男の足跡をたどると同時に邪悪な霊を近寄らせないたのまじないでもあった。

若者はその日の夜も普段と変わらずに、イクタマヨリビメを訪ねてきた。両親の言いつけ通りに、姫は男に気づかれないよう、服の裾にそっと針を刺しておいた。

やがて朝を迎えると、案の定、男性の姿はない。

すると父親の策の通り、麻糸が部屋から外へと延びていた。だが、本来赤土の上に残るはずの足跡が、全く見当たらないという不可解な結果をともなっていた。

そうなると唯一の手掛かりは麻糸である。

だが奇怪なことに、麻糸は扉の鍵穴を抜け通って外へと出ている。

「鍵穴から出たのか……！」

スエツミミはにわかに混乱した。人間であれば、鍵穴を通ることなどできようはずもない。

両親と姫は、訝《いぶか》りながらも、麻糸を辿っていくと、麻糸は御諸山に至り、神の社《やしろ》で留まっていた。

これにより、娘の元に通っていた男は神の御子《みこ》であることが分かった。だが一体神の御子はいかにして足跡を残さずに去ったのか。

すると姫の足元を一匹の白蛇が這《は》った。これで姫は御子の正体を知る。鍵穴を通ることができたのは、神が蛇体《じゃたい》であるためだったのだ。

麻糸の輪が三輪《さんわ》残っていたことから、その後、この地を三輪《みわ》、山を三輪山と呼ぶようになったという。

第十七話

狐女房《きつねにょうぼう》

「きつね」の名前に込められた人間と狐の夫婦の絆

出典

『日本霊異記』上巻第二

狐は、古くから人間を化《ば》かすといわれてきた。すでに九世紀の『日本霊異記《にほんりょういき》』中に、女に化けて人間の男との間に子をもうける話が登場している。また狐は、女に化けて男を騙《だま》すとよくいわれるが、これは中国から伝わったものだ。

これが日本に伝来し、知識人の間で広まったのである。女性に化けて男性と共に寝るので「来つ寝《き　ね》」と呼ばれるようになったという語源説もある。本話はそうした語源説にまつわる、どことなく滑稽《こっけい》さの漂う説話である。

昔、欽明《きんめい》天皇（位五三九？～五七一？）の時代に、美濃国大野郡《みののくにおおののこおり》（現在の岐阜県揖斐《いび》郡大野町）に住む一人の男が、妻にする女性を探すために、馬に乗って出かけた。

しばらく行くと、広い野原で一人の女性と出会った。

その女は、男の姿を認めると、艶《なま》めかしい仕草《しぐさ》をして目くばせを送ってきた。

そこで男は、

「娘さんは、どこへ行かれるのですか？」

と声をかけてみた。すると、

「お婿《むこ》さん探しの旅をしているのです」

と答える。

「それでは、私の妻になりませんか」

「よろしゅうございます」

戯《たわむ》れのようなやり取りの末に、男は女を家に連れて帰り、二人は夫婦になった。二人は仲睦《なかむつ》まじく暮らし、しばらくして妻は男児を生んだ。その家には男が飼っていた犬がおり、その犬も十二月十五日に子犬を産んだ。

ところが、その子犬がなぜか妻に全く馴染《なじ》まず、いつも歯をむき出して吠《ほ》え立てるのである。妻も犬嫌いのようで、近づこうともしない。それでも、同じ家に住んでいるのだから、両者は頻繁《ひんぱん》に鉢合《はちあ》わせし、その都度《つど》子犬が吠えた。吠え立てられる妻のほうも、子犬相手でありながら、尋常ではないほどに脅《おび》える。

やがて女は、とうとう夫に頼んだ。

「この子犬を打ち殺してくださいませ」

愛する妻の頼みとはいえ、子犬を殺すのはあまりに可哀想《かわいそう》だと思った男は、どうしても実行できなかった。

犬と妻の諍《いさか》いは絶えることなく続いたまま、やがて二月から三月にかけて、以前から用意していた米をつく時期を迎える。人手が必要になるため、この家では、米つき女を雇って作業をしていた。

やがて昼になり、妻は米つき女たちに食事を用意するため踏み臼小屋《うすごや》へ入ろうとした。そこで妻ははっとなり、恐怖に立ち竦《すく》んだ。この日は運悪く親犬と遭遇。親犬は子犬同様、妻を吠え立てたばかりか、妻に噛《か》みつこうとして追いかけてきたのである。

妻は驚いて悲鳴を上げながら逃げ回った。その時、あまりの怖さから、ついに正体を現わしてしまう。尖《とが》った両耳と尾、そして黄色の毛……。そう、妻は狐だったのだ。

狐に戻ってしまった妻は、その姿のまま、途方に暮れたように籠《かご》の上に登って座っていた。

そこへ戻ってきた夫は、籠の上にうずくまっている狐が、自分の妻であることに、すぐに気づいた。正体がばれてしまった以上、妻は自分のもとを去らざるを得ないであろうことを悟《さと》った夫は、妻に声をかけた。

「あなたが狐であろうと、子供までもうけた仲ではないか。あなたが何者であろうと、私は絶対にあなたを忘れたりはしないぞ。いつでも来なさい。一緒に寝よう」

その後、狐は夫の優しい言葉を忘れず、いつでもやって来て一緒に寝た。そこで、この妻のことを、「来《き》つ寝《ね》」と呼ぶようになった。しかし、ある時、紅《くれない》の裾染《すそぞめ》の裳《も》を着て、上品なしとやかな様子でやって来たのを最後に、二度と夫のもとを訪れることはなかったという。

夫はその後、去った妻の姿を思い浮かべながら、歌を詠《よ》んだ。

――恋は皆わが上《へ》に落ちぬたまかぎる　はろかに見えて去《い》にし子ゆゑに
(この世にある恋というものが、すべて私の身にだけ落ちてきたような切ない気持ちだ。玉が一瞬きらめくようにほんの少しだけ現われて、何処《いずこ》とも知れずに去ってしまったあの人が、恋しくて恋しくてたまらない)

妻への恋しい気持ちが忘れられなかった男は、二人の間に生まれた子に「岐都《きつ》禰《ね》」と名付けた。この子は、力が強く、走るのは鳥が飛ぶように早かった。やがて成人して、「狐の直《あたい》」の称号を名乗るに至った。これが、美濃国の豪族《ごうぞく》、狐の直の興《おこ》りである。

第十八話

浦島子《うらしまのこ》

「浦島太郎伝説」と異なる蓬莱山の仙女の物語

出典

『古事談』

最も有名な昔話のひとつ、「浦島太郎《うらしまたろう》」。その話を記す現存最古の文献が、実は『日本書記《にほんしょき》』雄略《ゆうりゃく》天皇二十二年の記事であり、驚くほど古い。そこには、「女に変身した亀に連れられて浦島子が蓬莱山《ほうらいさん》に行った」という簡単な内容が記されており、浦島太郎は浦島子で、竜宮城《りゅうぐうじょう》は蓬莱山だったわけである。

浦島太郎の話は、七世紀から現代まで数多くの史料があり、その内容も時代によって様々に変化を遂《と》げた。『古事談《こじだん》』の浦島子の話もそのひとつで、時空を超えた壮大な物語が展開される。

天長《てんちょう》二年（八二五）、淳和《じゅんな》天皇の御代《みよ》のことである。丹後国《たんごのくに》余佐郡《よさのこおり》の住人、水江《みずのえの》浦島子という若者が松船《まつぶね》に乗って戻ってきた。この地は、浦島子の故郷であるという。

ところが、懐《なつか》しいはずの故郷の姿は、まるで様子が違っていた。自分が住んでいたはずの村は波に浸食されて、場所がすっかり変わってしまっているし、山の様子も違えば、川の流れさえも異なっている。

……一体これはどうしたことか？

家族は、親は、一体どこに行ってしまったのか。どこを探しても、誰も知っている人はいない。あちらこちらを歩き回り、道行く人に、

「私は浦島子と言います。親や兄弟、妻子などがこの地に住んでいたのですが、消息をご存知ありませんか？」

と、あれこれ聞いて回ったが、誰一人、浦島子のことも、親族のことも知らないという。

途方に暮れ、とぼとぼと歩いていた浦島子は、一人の老婆と出会う。浦島子はすがるような思いで、尋ねた。

「おばあさんはどこの村の人ですか？　私のことを知りませんか？」

必死で尋ねる浦島子に、老婆は答える。

「私はこの村で生まれて一〇七歳になるが、あいにくあなたと会ったことがない。ただ、私の祖父が、昔、水江浦島子という釣り好きがいて、海に出たきりいつまでたっても帰ってこないという出来事があったらしい。それから何百年も経ったとい

う話は聞いたことがある」

と言うではないか。

今自分が立っているのは、自分が見知っている世界から数百年もの時を隔て、知人も親族も死に絶えたまったく知らない世界だったのだ。

浦島子は、絶望した。

それならば、仙女《せんにょ》の元に戻りたいと切に願った。しかし自分で戻ることはできない。

仙女が恋しくてたまらなくなった浦島子は、もらった玉手箱《たまてばこ》を開けてみることにした。すると、紫色の雲が箱から立ち上ったかと思うと、西方へと飛び去っていった……。

これは、浦島子が故郷を出てから三百年も経ってからの出来事であるという。しかし、その姿は、今も若者のようだったと伝わっている。

さて、三百年前、浦島子に何が起きたのか？

浦島子が姿を消したのは、雄略《ゆうりゃく》天皇の在位二十二年（五世紀後半）のことである。

ある日、浦島子が、一人で船に乗って釣りに出かけたところ、亀が釣れた。

浦島子はその亀を船のなかに入れ、そのまま、ウトウトと居眠りをしてしまった。

どれほどの時間が経っただろう。ふと目覚めると、亀の姿はなく、唐国《からくに》の宮女のような美しい衣装をまとった美女が一人、船のなかに座っているではないか。

……なるほど、あの亀は、この美女の化身だったのか。それにしても、なんと美しい。

夢うつつのなかで、浦島子は、美女の姿にすっかり見惚《みほ》れた。なにしろその姿は、晋《しん》の文公《ぶんこう》が魅力に溺《おぼ》れて三日間も政務を怠《おこた》ったといわれる絶世の美女・南威《なんい》さえも恥ずかしくて顔を覆《おお》ってしまいそうなほどで、色白の肌は、呉《ご》滅亡の元凶《げんきょう》となった傾国《けいこく》の美女・西施《せいし》も圧倒されるほど。眉《まゆ》は三日月が蛾眉山《がびさん》の上にかかったように可憐《かれん》で、姿態《したい》はたなびく雲のようにスラッとし、軽やかな体は鶴《つる》のよう……。

まさに、言葉を尽くして語っても語り切れない美しさではないか。

「あなたはどなたですか？　なぜ私の元に現われたのでしょう」

浦島子が訪ねると、美女は驚くべきことを言った。

「私は、渤海《ぼっかい》の東方にあって神仙《しんせん》が住まう蓬莱山で暮らしています。不老不死の金の庭・玉の御殿《ごてん》が私の家です。父母兄弟もそこにいます。

私はあなたと前世《ぜんせ》で夫婦でした。今は仙女ですが、昔の因縁《いんねん》を感じて、あなたの住む人間界に来ました。私と一緒に蓬莱山へ来てください。前世の誓いのように、夫婦になろうと思います」

仙女に夫婦になろうといわれ、浦島子は舞い上がるように嬉しく、言われるままに、彼女の目を見つめた。すると、あっという間に蓬莱山に着いたのだ。

蓬莱山の宮殿に入ると、春風《しゅんぷう》の百の和香《わこう》を送るような良い香りが漂ってきた。建物のなかを眺めると、まばゆいばかりの黄金と宝玉が庭に敷きつめられ、宝玉と珊瑚《さんご》が庭園の地表を覆っている。池には蓮《はす》の花のつぼみが咲き、泉のほとりには蘭《らん》や菊が咲き誇っている。

仙女と共に部屋のなかに入ると、さわやかな風が帳《とばり》を吹き動かし、良い香りを漂わせている。翡翠《ひすい》のすだれ、蓮《はす》の花でつくった帳など、まさに夢のような光景だった。

ここで浦島子は、朝に仙人の不老長寿の霊薬を、夕方に美味この上ない酒や飲み物を楽しんだ。老いを留める九光《きゅうこう》の芝草《しばくさ》、齢《よわい》を延ばす百節《ひゃくせつ》の菖蒲《しょうぶ》などもある。

そうした幸せな日々が続いたある日、仙女は浦島子に、

「あなたは年々やつれ、日々、骨ばってきているようです。いくらこの宮殿で楽し

く暮らしていても、心のなかでは故郷を恋しく思っているのでしょう。ひとまず故郷にお帰りになって、懐しい人々をお訪ねになるといいでしょう」

この申し出を嬉しく思った浦島子は、言われるがままに申し出を受け入れ、地上に戻ることにした。

別れ際、仙女は、

「もし再び会いたいとお思いになるなら、この玉手箱の蓋《ふた》は絶対に開けてはいけません」

と言って、豪華な装飾のあしらわれた箱を浦島子に渡した。

浦島子は、

「絶対に開けません」

と約束して、蓬莱山を後にする。故郷には、ひと眠りしているうちにあっという間に戻った。

こうして物語は、冒頭の悲劇へと続いていくのである。

第十九話

人《にん》魚《ぎょ》

不義の子として生まれた人魚と冴えない男の恋愛譚

出典

『箱入娘面屋人魚』

人魚というと、上半身が美女で、下半身が魚というイメージが強い。ところが、日本における人魚は、かなり様子が違う。なんと、頭部のみが人間で、首から下はすべて魚なのだ。

それでもなんと江戸時代には、人間と人魚の恋愛譚《たん》が生まれている。それが山東京伝《さんとうきょうでん》の黄表紙《きびょうし》『箱入娘面屋人魚《はこいりむすめめんやにんぎょ》』である。

江戸時代の話である。

江戸は神田《かんだ》の八丁堀《はっちょうぼり》に、平次《へいじ》という男が住んでいた。

かなりの不男《ぶおとこ》で、しかも、稼ぎも少ない貧乏暮らしのため、もう若くもないのに女房《にょうぼう》もいない冴《さ》えない男である。

ある日、その平次が品川沖《しながわおき》へ釣りに出たところ、突然船のなかに大きな魚が飛び込んで来た。いや、確かに姿は魚だが、顔だけは人間の女のそれで、しかも、驚くほどに美しい。驚く平次に、人魚はもっと驚くことを言い出した。

「私は人魚といって、とるに足らない者です。どうか、主《ぬし》さんの女房にしてくださいな。抱いて寝てくださいな」

と頼むのである。

戸惑いながらも平次は、考えた。

……魚を女房にするのは、ちょっと抵抗があるな。とはいえこの人魚、顔を見る限りはかなりの美人で、しかも年の頃なら女ざかりだ。わしもそう若くもないし、しかも、稼ぎも多くはないし、顔も今一つだし。

というわけで、

……これだけ美人なら、いくら体が魚でも、まんざらでもないな。

と思い至るのである。

平次は、人魚を連れ帰り、夫婦になって一緒に暮らし始めた。

平次は優しい男で、人魚のために食事を用意した。貧乏な家なのでちゃぶ台もなく、踏み台を代わりにして、腕のない女房に箸《はし》を持って食べさせてあげている。しかし人魚と金魚を間違え、用意したのは金魚の餌《えさ》の「赤ぼうふら」。人魚の妻は、

「私は、そんなものは嫌。甘いものが食べたい」

と言ったりする。

わがままにも思える女房だが、実はこの人魚には、悲しい過去があった。

人魚は竜宮城《りゅうぐうじょう》で生まれた。親は、竜宮城に滞在していた浦島太郎と、茶屋《ちゃや》で働いていた鯉《こい》である。浦島太郎は乙姫《おとひめ》の亭主なのに、鯉と浮気して、子供をもうけてしまう。こうして生まれたのが人魚。人間の父親と魚の母親の間に生まれたので、人間の顔と魚の体をもって生まれたのだ。

しかし、不義《ふぎ》の子だったため、人魚は両親に海へ捨てられてしまう。それから十八年間も一人で海をさまよい、やっと出会ったのが平次だったというわけだ。

苦労人だったこともあり、人魚は優しい女だった。平次が実は借金だらけで、家賃の支払いもままならない貧乏だと知れば、なんとか平次を助けたいと思い、平次のいない間に吉原《よしわら》の女郎屋《じょろうや》に身売りするのである。

一方身売り先となった舞鶴屋《まいづるや》の亭主、なんとも珍しい人魚の身売りに戸惑いながらも、人魚に「魚人《うおんど》」の源氏名《げんじな》を与え、花魁《おいらん》として客を取らせることにした。

時を経ずして御指名があったので、人魚は足をはいて禿《かむろ》と新造《しんぞう》を従えて花魁道中を初体験。わざと提灯《ちょうちん》を持たずに足元を暗くし、黒子《くろこ》が後ろを支えて歩き、なんとか切り抜けた。

ところが、真っ暗にして着物を脱いだ時に身体が魚だと分からないように工夫をしてみたものの、生臭さが強すぎて、客が逃げ出してしまう。

結局女郎屋から追い返された人魚は、また優しい平次の女房に戻った。

さて、何かお金を儲《もう》ける方法はないものか？

困っている二人に、ある博学者が知恵をつけた。

「人魚を舐《な》めると寿命が延びるといわれている。これを商売にすればよかろう」

たしかに人魚の肉を食べると不老不死になるという言い伝えがある。人魚の肉を食べ、歳を取らなくなった少女が、尼《あま》となって数百年を生き、諸国を歩いた八尾比丘尼《やおびくに》の伝説は名高い。さっそく、二人は、家の門口《かどぐち》に「寿命薬《じゅみょうのくすり》 人魚御なめ所」と書いた看板を掲げて、商売を始めた。

すると、これが大当たり。長生きをしたいと望む人が、若い男から年寄り、武士の内儀《おかみ》さん、商人にいたるまで、次から次へと押し寄せてきて、皆が一両《りょう》一分《ぶ》の代金を払っていくものだから、二人は瞬《またた》く間に大金持ちになった。

さて長生きしたいという思いは、平次も同じだった。そこで、毎日毎日、せっせと女房である人魚を舐め続けた。

なにしろ亭主だから夕ダなので、遠慮知らずである。

するとあまりに舐めすぎて、平次が子供になってしまったのだ。これには、二人して途方《とほう》にくれた。

そこへ現われたのが、浦島太郎と鯉の二人だった。かつて捨てた娘が困っていると知り、二人が持ってきたのは、例の玉手箱である。

「さあ、これを開けてみなさい」

言われるままに平次が蓋をあけると、たちまち歳をとり、なんと、三十一歳ぐらいのちょうど良い男ぶりになった。しかも、なぜか顔まで変わって誰もが振り向くような色男になっている。さらに、人魚のほうも、まるで蝉《せみ》の皮がむけるように一皮むけて、首から下が人間の女のそれとなった。

こうなると、もはや人間なので、人魚の体を舐めさせる商売はできないが、二人は抜け殻を生薬屋《しょうやくや》に売って、最後のひと儲けをしたという。

人魚は不老不死。そして、歳を取りそうになると人魚の女房を舐めている平次も、不老不死同然だ。二人は何千年も長生きしたという。

二人が住んでいたところは人魚町と呼ばれるようになり、それがやがて人形町《にんぎょうちょう》に変わったとか……。

めでたし、めでたし？

第二十話

立烏帽子《たてえぼし》

平安屈指の勇者にその身を捧げた天竺の鬼女

出典

『田村三代記』

『田村三代記《たむらさんだいき》』は東北地方一帯で語られてきた浄瑠璃《じょうるり》の演目であり、修験者《しゅげんじゃ》や巫女《みこ》、盲目の琵琶法師《びわほうし》などによって伝えられてきた。主人公、田村丸利仁《たむらまるとしひと》のモデルとされているのは蝦夷《えみし》征討で有名な坂上田村麻呂《さかのうえのたむらまろ》だ。

坂上田村麻呂は征夷副使《せいいふくし》として延暦《えんりゃく》十三年（七九四）に行なわれた蝦夷征討のときに現われ、翌年に征夷大将軍に就任した。田村麻呂の古代東北への遠征は多くの伝説を作り出し、数々の鬼神退治譚《きしんたいじたん》を生み出した。また、田村麻呂は勅命《ちょくめい》によって甲冑《かっちゅう》を着て立ったまま埋葬され、国家の有事の際に甦《よみがえ》るという伝説も残っている。

人皇《じんこう》五十四代、仁明《にんみょう》天皇の時代。

都では、光の玉のようなものが昼夜問わずに飛び回り、馬につけた俵物《たわらもの》や車に積んだ荷物、往来を歩く人の腰の金品に帝への貢物《みつぎもの》までも盗んでいくという怪事件が起こっていた。

犯人は天竺《てんじく》の魔王の娘である鬼女、立烏帽子。

立烏帽子が伊勢《いせ》の鈴鹿山《すずかやま》を根城《ねじろ》にし、国家転覆を目論《もくろ》んでいることを知った帝は、田村丸利仁という猛者《もさ》に鬼女討伐を命じた。

田村丸は鈴鹿山に踏み入り、ひたすら鬼女の住処《すみか》を探し続けた。

そしてようやく立烏帽子の住処へとつながる一筋の道を見つけたのだった。

金銀の散りばめられた建物に、芳《かぐわ》しい香の匂い。音楽を奏でる麗《うるわ》しい女たちと四季の風景を持つ不思議な庭……。まるで極楽浄土《ごくらくじょうど》のような立烏帽子の住処を、田村丸は奥へと進んだ。

そして、穏やかな表情をした美しい女が歌書物《うたかきもの》をしているのを見つけた。この女こそが、立烏帽子であった。

……あの美しい女を殺さなくてはいけないのか？

田村丸の心は僅《わず》かに揺れた。だが、すぐに自分の使命を思い出すと、愛刀そはや丸を抜き、立烏帽子を殺すべく障子《しょうじ》越しに部屋のなかへと投げ入れた。

それに対し、立烏帽子は少しも慌《あわ》てることなく宝剣・大通連《だいとうれん》をそはや丸へと投げつけた。大通連とそはや丸は空中で何度かぶつかり合うと、そはや丸は烏《からす》となり立烏帽子に襲いかかるが、鷹《たか》となった大通連に追い出されてしまった。

田村丸は障子を蹴破《けやぶ》り部屋へと飛び込んだ。しかし、そこに立烏帽子の姿はない。田村丸が呆然《ぼうぜん》としていると、再び立烏帽子が現われた。

「私を討つのをやめて、私の夫になって下さいませんか?」

突然の立烏帽子の申し出に、田村丸は狼狽《ろうばい》した。

「私は確かに、この国を転覆させるためにこの地に参りました。しかし、女の身の悲しさ故《ゆえ》に、相応《そうおう》の夫が必要なのです。はじめは奥州《おうしゅう》にいる大嶽丸《おおたけまる》という鬼と夫婦になろうとしましたが、何度手紙を送っても返事がありません。それに、私は相手が若い女であろうと使命を果たそうとするあなたの志《こころざし》に惚《ほ》れてしまいました。先ほどのことでお分かりでしょうが、私にとってあなたを殺すことは容易《たやす》いことです。けれども、あなたが私と夫婦になって下さるのなら、私は改心し、日本の鬼達をあなたとともに倒すことにいたします。さあ、返事をお聞かせ下さい。私の夫となり、共に日本の鬼を倒すか。それともここで私に殺されるかです」

そう迫る立烏帽子に、田村丸は、

「御身《おんみ》の心に任せましょう」

と答えた。

田村丸はここで殺されるわけにはいかなかった。今は立烏帽子に従い、時期を待つと決めたのだ。

……いつか必ず八つ裂きにしてやる。

田村丸がそう心に秘めているのを知ってか知らずか、立烏帽子は嬉しそうに田村丸を奥の部屋へと誘い、二人は夫婦となった。

やがて立烏帽子が娘を生み、正林《しょうりん》と名付けられた小さな姫はすくすくと育ち、三年の月日が過ぎた。

それでも田村丸の心は少しもほだされることはなく、妻となった鬼女の命を虎視《こし》眈々《たんたん》と狙い続けていた。

……どうにかして、立烏帽子を都へと連れてゆき、内裏《だいり》で討ち取る方法はないだろうか。いや、そのためにはまず、このことを帝にお伝えしなければいけない。だが、あの女に知られずに都へと連絡する手段がない。

思案に暮れる田村丸がふと空を見上げると、雁《かり》の群れが都の方へと向かう姿があった。

……これだ。

田村丸は雁を一羽庭に落として捕まえると、急いで帝への手紙を認《したた》めた。

——来る十五日、立烏帽子を連れて参内《さんだい》いたします。どうか、この鬼女を八つ裂きにするご準備を——。

手紙を羽に挟《はさ》むと、再び雁は空へと飛び立った。

その姿が彼方へと消えたのを確認すると、田村丸は何くわぬ顔で妻を呼んだ。

「立烏帽子。共に都へと行くつもりはないか？」

「まあ、突然どうしたのですか？」

「なに。私とあなたが夫婦になったのも奇妙な縁《えん》。折角《せっかく》なので、都の神仏に、私たちが来世《らいせ》でも夫婦となれるようにと誓い合おうと思ったのだ」

瞬間、立烏帽子はあからさまに顔をしかめた。

「この私に、この国の低俗な神仏を拝《おが》めと言うのですか？ 私は天竺《てんじく》の魔王の娘。そのような必要はございません」

しかし……と立烏帽子は続けた。

「天下の将軍でもあるあなたに偽言《いつわりごと》をさせるのも心苦しく思います。分かりました。共に都へと向かいましょう」

やがて約束の日となった。田村丸は立烏帽子の操《あやつ》る光る車に乗り、六年ぶりに都へと降り立った。帝への謁見《えっけん》はすぐに許された。

田村丸が一部始終を帝に報告すると、帝はそれをねぎらい、立烏帽子を側《そば》に呼び寄せた。

「美しい鈴鹿山の鬼よ。何故《なにゆえ》、この国を覆《くつがえ》そうとした?」

「天竺で生まれた私の方が、日本で生まれたあなたよりも高貴な存在であるためです。どうやら、屈強な侍《さむらい》や山法師《やまほうし》たちが私を討とうと隠れている様子ですが、ご心配なく。私はもうこの国の男を夫とし、愛する娘も生まれました。今更《いまさら》、この国に敵対するつもりはございません」

そう言うと、立烏帽子は田村丸に向き直った。

「来月のはじめ、あなたに鬼退治の命が下るでしょう。そのときには加勢《かせい》いたしますので、どうか安心して下さい。それまでの間、私はしばしお暇《いとま》をいただきます」

妖術《ようじゅつ》で車を呼び寄せたかと思うと、立烏帽子の姿はたちまち消えてしまった。

翌月、立烏帽子の予言は的中した。

帝から田村丸に明石《あかし》にいる高丸《たかまる》という名の鬼を討伐せよとの命令が下ったのだ。

田村丸は二万の騎兵《きへい》を率いて高丸討伐へと向かった。

吹き荒れる嵐のなか、田村丸の軍と高丸の眷属《けんぞく》たちは三日三晩戦い続けた。人と鬼の死体が積み重なるなかで、ついに高丸が戦場から逃げ出した。

すぐにこれを追撃しようとした田村丸だったが、それは叶《かな》わなかった。田村丸の軍も二万から二百人にまで減り、とてもではないがこれ以上戦を続けることができる状態ではなかったのだ。まさしく満身創痍《まんしんそうい》という状態の自軍を前に、田村丸は悔《くや》しげに歯を食いしばるしかなかった。

わずかに残った軍を率いて一旦、都へと戻ることになった。途中に寄った里で、田村丸の寝所に忍び込む者がいた。立烏帽子であった。

「鬼め。今更いったい何の用だ？」

「そうつれない態度を取らないでください、お可哀想な田村丸様。鬼どもにいたぶられてしまったのですね。でも、ご安心ください。これからは私がお供いたします」

「ほう？」

「私は高丸の逃げた先を知っております。車も用意いたしました。夜明けと共に私と参りましょう、田村丸様」

「何が目的だ？」

「私は田村丸様の妻です。それだけが理由です」

「……分かった。あなたの申し出を受け入れよう」

「嬉しいです、田村丸様」

朝日が昇ると同時に、田村丸は残った味方を先に都へと帰すと、立烏帽子の車に乗込んだ。車は三日三晩かけて走り、唐土《もろこし》と日本の境にある沖へとたどり着いた。荒波の打つ窟屋《くつや》を立烏帽子が指差す。

「あの窟屋こそが、高丸の住処でございます。私が高丸を誘《おび》き出しますので、その隙に田村丸様はあの鬼を弓矢で撃ち抜いてくださいい」

立烏帽子が扇子《せんす》を手に呪文《じゅもん》を唱えると、どこからか美しい音色が聴こえてきた。空では十二の星が舞い、香る花が降り注ぐ。不思議に思った高丸が窟《いわや》の戸を開き、その姿を現わしたのを見つけると、立烏帽子は声を上げた。

「あの鬼が高丸です。さあ、早く射って下さい」

「しかし、距離が遠い。これでは当たらない」

躊躇《ためら》う田村丸に立烏帽子は一本の矢を押し付け、再び急《せ》かした。

「神通《じんつう》の鏑矢《かぶらや》でございます。さあ、早く」

田村丸が促されるままに矢を放つと、一本の矢は千の矢に別れ、まるで鋭い雨のように高丸の頭上に降り注いだ。

音楽も星も花も全て消えると、息絶えた高丸の死体だけが残っていた。

高丸を討伐し、鈴鹿山に帰って四日後の夜。田村丸は立烏帽子の思いつめたような顔に気が付き、問いかけた。

「どうして、そんな顔をしているのだ。あなたのおかげで高丸を倒すことができたと言うのに。何か心配事でもあるのか?」

「はい、大切なお話がございます」

「どうした?」

「私が田村丸様と出会う前に夫にしようとした大嶽丸という鬼の話を覚えておいでですか? あの大嶽丸が、私と田村丸様が夫婦となり、高丸を倒したことを恨《うら》んでいます。明日の夜、大嶽丸が私を奪いに来ます。大嶽丸は高丸などよりもずっと強力な鬼です。ここで戦えば、勝目はありません。ですから、私は自ら大嶽丸に捕まろうと思います」

あまりのことに言葉を失う田村丸を、立烏帽子は覚悟を決めた目で見つめた。

「私は高丸に捕まります。ですから田村丸様はどうか、大嶽丸討伐を帝に奏上《そうじょう》して下さい」

「……それではあなたはどうするのだ?」

「私は大嶽丸の妻となったふりをして、大嶽丸の力を弱らせます。そして、あなたが大嶽丸を倒す準備ができるのを待ちます」

「……」

「田村丸様」

「分かった」

「きっと助けに来てくださいね」

「必ず助けに行こう」

そうして田村丸は都へと旅立ち、立烏帽子は大嶽丸に拐《かどわ》かされた。

都に着いた田村丸は、帝に全てを奏上した。

しばらくして大嶽丸の悪行が都に轟《とどろ》き、このままでは日本が滅ぶだろうという神勅《しんちょく》が下ると、帝は田村丸に大嶽丸討伐を命じた。

田村丸は商人の姿に変装すると、いくつもの山を越え大嶽丸の住処を目指した。

ようやく大嶽丸の住処である奥州《おうしゅう》に足を踏み入れると、妖術によって田村丸の到着を知っていた立烏帽子の姿がそこにあった。

「元気そうで何よりだな。立烏帽子！」

「お待ちしておりました、田村丸様。大嶽丸は天竺へと出かけており留守にしております。眷属の鬼どもは皆、縄で縛っておきました」

立烏帽子は大嶽丸の砦《とりで》の奥へと田村丸を案内した。そうして、離れていた月日を埋めるように二人で語り明かしていると、戸が押し破られる音が響いた。

妖術によって立烏帽子の裏切りを知った大嶽丸が帰還したのだ。立烏帽子によって捕縛された鬼たちの縄がみるみると解けてゆき、大嶽丸の怒りに満ちた声が轟いた。

「騙《だま》したな、立烏帽子！　私は貴様に溺《おぼ》れたせいで、妖力《ようりき》を弱めてしまった。なんて恐ろしい女だ。私は妖力を取り戻すためにしばらく籠《こも》る。鬼どもよ、この者共を八つ裂きにせよ」

解放された鬼たちが四方から飛びかかってくるのを、田村丸と立烏帽子は残らず討ち取ったが、大嶽丸はすでに逃げ出した後だった。

「あの弱った体ではそう遠くには行けないはず。きっと箆嶽山《ののだけやま》の麒麟《きりん》が窟《くつ》にいるはずです」

「しかし、その麒麟が窟への道が分からぬ」

「あの大嶽丸が相手では私の妖術でも探し出す術がありません。ただ、分かることは三日もすれば力を取り戻した大嶽丸が都を襲うということだけです」

もはや、神仏にすがる他にはなかった。身を清め、ひたすら神仏に拝礼《はいれい》した。すると、願いが通じたのだろう。

どんなに探しても見つからなかった麒麟が窟の戸が開かれた。そして、神仏の力によって黒鉄《くろがね》の鎖《くさり》で八方に繋《つな》がれ、身動きのできない大嶽丸の姿を見つけたのだ。

二人はすぐに剣を投げ入れ、大嶽丸の体を四つに切り裂いた。

首だけが飛び上がり、田村丸の兜《かぶと》の頭を噛《か》み砕いて逃げ出したが、その首も力尽き、奥境に落ちているのが発見された。

大嶽丸が完全に死んだことを確認すると、立烏帽子は車を呼び寄せ、二人は鈴鹿山へと帰った。

しかし、立烏帽子の顔は浮かないままだった。

鈴鹿山へと戻ると、立烏帽子は突然、涙を流しながら田村丸に言った。

「私はもうじき死にます」

「私はもうじき二十五歳になります。私は、二十五歳で死ぬ運命なのです」

「どうにもならないのか?」

「お名残惜《なごりお》しくはありますが、これでお別れでございます」

その言葉通り、立烏帽子は眠るように死んでしまった。

葬式の後、田村丸はただ、立烏帽子の忘《わす》れ形見《がたみ》である正林を抱きしめながら、呆然と空を見つめていた。

そのうちにまどろみはじめ、夢か現《うつつ》か分からなくなりはじめた頃に、立烏帽子に手を引かれながら、見知らぬ道を歩いていることに気がついた。やがて関所《せきしょ》が見えた。地獄《じごく》の閻魔大王《えんまだいおう》の関所であった。

「女は死者《ししゃ》だな。血の池地獄に落とせ。男は生者《せいじゃ》だ。娑婆《しゃば》に帰せ」

「お待ちください、閻魔大王様」

田村丸は声を荒げて抗議した。

「閻魔大王様。夫婦は二世の契《ちぎ》りです。私と妻を共に地獄に落とすか、妻を生き返らせるかしない限り、私はここから動きません」

「ならぬ。男だけ、娑婆に返せ」

「帰りません」

田村丸のなかにあった、立烏帽子を八つ裂きにしようとする心はすでに消え去っていた。二度の悪鬼《あっき》との戦いを経て、田村丸にとって立烏帽子は、すでにかけがえのない存在となっていたのだ。

田村丸は剣を抜いて閻魔大王に抵抗した。田村丸のあまりの暴れぶりに、とうとう閻魔大王が諦《あきら》めた。

「ならば仕方ない。少し前に小松《こまつ》の前という名の二十五歳の女が死んだ。その女の死体を立烏帽子として蘇《よみがえ》らせてやろう」

気がつくと、田村丸は正林を抱いたまま石を枕にして眠っていた。

田村丸は帝に夢のことを告げた。帝がすぐに使者を出してその娘を探させると、閻魔大王の言うとおり、小松の前という娘が立烏帽子となって蘇ったというではないか。

再会した娘は、生前の立烏帽子と全く同じ容姿と心を持っていた。ただ名前だけが小松の前となっていた。

小松の前は言った。

「再び田村丸様と出会えて、嬉しゅうございます」

「どうして、あなたは二十五歳で死ぬ運命だったのですか？」

「それは、私が鬼の身であったためです。鬼の身である私があなたと本当の夫婦になるために、私は一度死んで、人として生き返る必要があったのでございます」

二人は再び夫婦となり、また悪鬼が都を脅《おびや》かした時には二人で悪鬼を退治して回ったという。

記録によれば、その後、田村丸は九十三歳、小松の前は百十三歳まで生きたという。

第二十一話

吉祥天《きっしょうてん》

人間の想いに応えた天女の嫉妬心

出典

『古本説話集』第六十二

吉祥天は、ヒンドゥー教のシュリー女神を起源とした女神である。美女の代表のようにいわれ、その像も美しい作例が多く、とくに浄瑠璃寺《じょうるりじ》に安置されている吉祥天像は、その華麗《かれい》さで有名だ。

ヒンドゥー教では、海から生まれ、ヴィシュヌ神の妃《きさき》になったとされているが、仏教では、ヴィシュヌ神の子孫である徳釈迦《とくしゃか》という龍を父、鬼子母神《きしもじん》を母として生まれ、毘沙門天《びしゃもんてん》を夫にしたといわれている。日本では、吉祥天を前にして自らの罪を告白し、罪を滅ぼしてもらう吉祥悔過《かいご》という儀式が盛んに行なわれた。

吉祥天は福徳《ふくとく》の神として信仰される一方、美女仏として人々を魅了した女神でもある。『今昔物語集《こんじゃくものがたりしゅう》』や『日本霊異記《にほんりょういき》』には、僧が吉祥天の像に欲情するも、その至誠心《しせいしん》に免《めん》じて思いを叶《かな》えてもらうという物語が収録されている。

昔、和泉国《いずみのくに》の国分寺《こくぶでら》に、鐘《かね》をつくのを役目としている法師《ほうし》がいた。

この法師は、寺にある吉祥天女の像に恋をしていた。その像の姿があまりに美しかったため、恋い焦《こ》がれ、鐘をつく合間にも吉祥天女の像のもとを訪れては、じっと眺めていた。

そのうちに、眺めているだけでは満足できず、抱きついたり、指でつまんだり、口を吸う真似までする始末である。

そんな日々が何カ月も過ぎたある日、法師の夢のなかに吉祥天女が現われた。

夢のなかの法師が、いつものように像を愛《め》でていると、像が突然動き出し、

「お前が何カ月もの間、私に想いを寄せてくれたことに、私は深く心を動かされました。私はお前の妻になりましょう。これこれの月のこれこれの日に、播磨《はりま》の印南《いなみ》野《の》に必ず来なさい。そこで会いましょう」

夢のなかとはいえ、法師は天女が自分を夫にすると言ってくれたことが嬉《うれ》しくてたまらなかった。

……早く、天女様と約束した日が来ないかなあ。

と、毎日毎日、その日を待ちわび、寝ても覚めても心が落ち着かない日が続いた。

法師が待ちわびた約束の日がやってきた。法師は心が逸《はや》る思いで、約束の場所へと歩いて行く。すると、言葉では表わせないほど美しい女性が、様々な色の着物を重ね着てやってきたのである。

……この美しい女性が天女か？

そうは思っても、あまりの美しさに、声も出ない。感動してぶるぶる震え、近づくこともできない。

すると女性は、

「感心なことに、ちゃんと来ましたね。では、夫婦になりましょう。さっそく二人で暮らす家を造《つく》りなさい」

と言う。法師は戸惑い、

「どのようにしたら家が造れるのでしょう？」

と聞くと、天女は

「たやすいことです。早く始めなさい」

と答える。どうしたものかと戸惑っていると、そこに一人の男が現われた。

「このような広野《こうや》にいらっしゃるのはどなたです？」

「この辺《あた》りに住もうと思っていますが、家もなく、ツテもありません。どうすればよいかしら？」

天女が言うと、

「大事ありません。人を呼び、家を造りましょう」

と男は言った。そして、その言葉の通り、次から次へと柱を一本ずつ持った男たちが現われ、あっという間に立派な家が出来た。それはまるで、必要な建材が天から降り、地から湧き出るかのようであった。

完成した立派な家で、二人は暮らし始めた。天女が法師のそばに来て共に一緒になったときなど、法師はまさに天にも昇るほど幸せな気分だった
「私はあなたの妻になりました。これからは、ほかの女に気を許してはなりません。妻は私一人としなさい」

この約束は、夫婦ならば当たり前のこと。しかも、相手が憧《あこが》れ続けた天女とくれば、従わないわけがない。法師は、喜々として了承した。

天女との暮らしは素晴らしかった。一段《いちだん》の田を作れば、周辺で作る収穫の量がほかの人の十町分《じゅっちょうぶ》が実るという有様《ありさま》で、何ひとつ不自由することはなかった。馬や牛も数多く飼った。周囲から多くの人が物乞《ものご》いに現われたが、人々の願い通りに与えることができるほどで、法師の威勢は播磨国中に広がった。国守も法師を特別な

存在として扱い、もはや法師の言葉に逆らう者はいなくなった。

そうした何不自由のない生活が何年か続いたある日、法師は取り立ての始末のために赤穂郡《あこうのこおり》のある里へ出向いた。

村では法師を大歓迎し、上へ下へのおもてなしが行なわれた。そうした日々が数日続いたとき、法師のご機嫌を取り結ぼうと考える者が、

「この郡には、とても器量《きりょう》の良い娘がいます。こちらに呼んでお坊様の足でも揉《も》ませましょう」

法師は迷った。天女との約束があるので、ほかの女に浮気をするのは非常に不味《まず》い。しかし、器量よしの女ときいて、もとより好色の法師は、興味をそそられた。

……もし浮気心が起きても、我慢すればよいだけだ。

そう思い直し、

「よかろう」

と答えてしまう。

すると、若い女が、これ以上ないというほど着飾って現われた。最初は足を揉ませるなどしていただけだったが、そうこうしているうちに、つい手が出た。こうして、法師は女と深い関係になり、特別の愛情は湧かなかったものの、数日間滞在し

ている間、近くに置き続けたのである。

やがて取り立ての仕事が終わり、家に戻ると、女房の天女はすこぶる機嫌が悪い。たじろぐ法師に、

「なぜ、約束を破ったのですか？」

と詰め寄ってきた。やはり天女は何もかもお見通しだ。法師は必死で言い訳し、

「お前だけが大切だ。もう浮気は絶対にしない」

と繕《つくろ》ったが、天女は、

「私はもう帰ります。ここにいる気にはなりません」

と冷たく言い放ち、姿を消してしまった。最後に、天女は、

「これは、一緒に暮らしてからのものです」

と言いながら、大きな桶《おけ》を二つ、法師に渡した。そのなかに入っていたのは、なんと、法師と天女が一緒に暮らしていた間、法師が天女に注ぎ続けた精液を溜めおいたものだった。

法師は泣いて後悔したが、もう後の祭り。天女は二度と戻らなかった。ただ、その後の法師は、以前ほどではないものの、さほど貧しくもなく、世間の評判も良く、徳のある僧として一生を送ったという。

出典解説

●『今昔物語集《こんじゃくものがたりしゅう》』

十二世紀前半に成立した仏教説話集。編者は未詳。全三十一巻から成り、天竺部《てんじくぶ》（インド）、震《しん》旦部《たんぶ》（中国）、本朝部《ほんちょうぶ》（日本）の三部構成をとる。一〇五九の仏教説話が収録され、いずれも「今は昔」という書き出しに始まり、「と、なむ語り伝えたるとや」と結ばれる。

●『伽婢子《とぎぼうこ》』

寛文《かんぶん》六年（一六六六）に刊行された浅井了意《あさいりょうい》作の仮名草子《かなぞうし》。序には、幼童向けの教訓の書であるとされ、そこから、子供の魔除けの人形である「伽婢子」の名をつけたとある。中国明《みん》の奇談《きだん》などに着想を得た翻案物《ほんあんもの》など六十七話が収録され、因果応報《いんがおうほう》・勧善懲悪《かんぜんちょうあく》を主題とする。

●『西鶴諸国《さいかくしょこく》ばなし』

井原西鶴《いはらさいかく》による五巻五冊の奇談集。成立は貞享《じょうきょう》二年（一六八五）。諸国に伝えられる三十五話の怪談・奇談・珍談を収録し、うち二十三話が怪談的内容となっている。

●『諸国百物語《しょこくひゃくものがたり》』

延宝《えんぽう》五年（一六七七）刊行の怪談集。五巻全百話で構成され、著者、編者ともに不詳である。数人の若侍たちが旅の途中で百物語を行なったという設定で展開され、百物語怪談本の先駆《せんく》となった。

●『信太妻《しのだづま》』

中世に発祥《はっしょう》し、近世にかけて盛んになった浄瑠璃《じょうるり》『説教節《せっきょうし》』の演目のひとつ。延宝六年（一六七八）刊行。信太の森に伝わる葛《くず》の葉《は》伝説と、安倍晴明《あべのせいめい》伝説を結び合わせた構成となっている。

●『御伽草子《おとぎぞうし》』

狭義《きょうぎ》には、江戸時代に『御伽文庫《おとぎぶんこ》』として刊行された、『浦嶋太郎《うらしまたろう》』『横笛草紙《よこぶえぞうし》』『酒呑童子《しゅてんどうじ》』などの絵入刊本二十三編をさし、広義《こうぎ》には室町時代に制作された物語草子の汎称。『玉水物語《たまみずものがたり》』は後者に属し、『紅葉合《もみじあわせ》』の別名を持つ小説。著者・成立年未詳。

●『怪談《かいだん》』

小泉八雲《こいずみやくも》（ラフカディオ・ハーン）作の短編小説集。一九〇四年にアメリカとイギリスで刊行された。著者が十四年に及ぶ日本滞在において妻の小泉節子《せつこ》らに朗読させた日本の怪談を英語で再話したもの。本書収録の『雪女《ゆきおんな》』のほかに、『耳《みみ》なし芳一《ほういち》』『貉《むじな》』などが有名。

●『宿直草《とのいぐさ》』

荻田安静《はぎたあんせい》による延宝五年（一六七七）刊行の怪談集。全五巻から成る。

●『遠野物語《とおのものがたり》』

明治四十三年（一九一〇）に刊行された民俗学者・柳田國男《やなぎたくにお》の代表作。岩手県遠野町出身の作家・佐々木喜善《ささききぜん》が語る民話を柳田が筆記・編集したもの。オシラ様の伝説のほか、河童《かっぱ》、マヨイガ、山男・山女、天狗《てんぐ》などの伝承一一九話を収録する。

●『日本霊異記《にほんりょういき》』

弘仁《こうにん》十三年（八二二）頃の成立とされる仏教説話集。『日本霊異記』は通称で、正式には『日本《にほん》国現報善悪霊異記《こくげんほうぜんあくりょういき》』という。奈良薬師寺《やくしじ》の僧景戒《けいかい》の作で、日本の説話文学集の嚆矢《こうし》的作品となった。説話の年代は五世紀後半の雄略《ゆうりゃく》天皇の代から嵯峨《さが》天皇の代の成立年までの説話が収録される。説話を年代順に並べながら、日本仏教史を説く。

●『雨月物語《うげつものがたり》』

上田秋成《うえだあきなり》による読本《よみほん》。明和《めいわ》五年（一七六八）に成立し、安永《あんえい》5年（一七七六）に刊行された。半紙本五巻五冊から成り、日本・中国の古典に着想を得た九篇の怪異小説が収録される。

●『新御伽婢子《しんおとぎぼうこ》』

天和《てんな》三年（一六八三）刊行の西村未達《にしむらみたつ》による江戸前期成立の怪談集。六巻六冊から成り、仏教色が強い。「伽婢子」を用いているが、浅井了意の『伽婢子』を継承する意図は見られない。

●『信濃奇勝録《しなのきしょうろく》』

信濃国佐久郡臼田町《うすたちょう》の神官《しんかん》であった井出道貞《いでみちさだ》が、信濃国各地を見聞しつつ編纂した江戸時代末期成立の地誌。全五巻。巻之五「岩倉池《いわくらいけ》の龍蛇高梨家《りゅうだたかなしけ》の息女《そくじょ》に掛想《けそう》して不叶其仇《かなわずそのあだ》を報ん為に水災をなせし」と黒姫山《くろひめやま》の伝説が記される。黒姫山の伝説は広く伝えられ、民話として語り継がれてきた。

●『古事記《こじき》』

奈良初期に編纂《へんさん》された天皇家の神話で、日本最古の歴史書とされる。神々の物語を記す上巻、初代神武《じんむ》天皇から推古《すいこ》天皇へと至る物語と系譜を収録する中・下の三巻から成る。成立過程については序文に明記されている。天武《てんむ》天皇が稗田阿礼《ひえだのあれ》に「帝紀《ていき》」「旧辞《きゅうじ》」の誦習《ようしゅう》を命じたのち、三十数年後、元明《げんめい》天皇の詔《みことのり》を受けて太安麻呂《おおのやすまろ》がこれらを筆録。和銅《わどう》五年（七一二）に献上したとある。

●『古事談《こじだん》』

鎌倉初期成立の説話集。源顕兼《みなもとのあきかね》の編。建暦《けんりゃく》二年（一二一二）以後、建保《けんぽう》三年までに成立した。全六巻に四六二の説話を「王道《おうどう》・后宮《こうぐう》」「臣節《しんせつ》」「僧行《そうぎょう》」「勇士《ゆうし》」「神社《じんじゃ》」「仏寺《ぶつじ》」「亭宅《ていたく》」「諸道《しょどう》」に分類して集録する。

●『箱入娘面屋人魚《はこいりむすめめんやにんぎょ》』

寛政《かんせい》三年（一七九一）に刊行された、戯作者《げさくしゃ》・山東京伝《さんとうきょうでん》作の黄表紙《きびょうし》。挿絵《さしえ》は浮世絵師《うきよえし》・歌川豊国《うたがわとよくに》によるものが用いられている。

●『田村三代記《たむらさんだいき》』

中世以降昭和まで東北一帯で語られてきた浄瑠璃《じょうるり》の人気演目。座頭《ざとう》と呼ばれる盲目の芸人によって語られた。坂上田村麻呂《さかのうえのたむらまろ》の事績や伝説をもとに成立した作品である。

●『古本説話集《こほんせつわしゅう》』

平安末期か、遅くとも鎌倉初期までに成立したと見られる説話集。編者も未詳で、原題も失われているため、『古本説話集』は現代の研究者による仮称である。仏教説話二十四、和歌説話四十六の計七〇話を収録し、『今昔物語集』を意識してか、すべての説話が「今は昔」と書き起こされている。

【参考文献】

『新編日本古典文学全集1　古事記』山口佳紀、神野志隆光校注・訳、『新編日本古典文学全集10　日本霊異記』中田祝夫校注・訳、『新編日本古典文学全集35　今昔物語集』馬淵和夫、国東文麿、今野達、『新編日本古典文学全集64　仮名草子集』谷脇理史、岡雅彦、井上和人校注・訳、『新編日本古典文学全集67　井原西鶴集2』宗政五十緒、松田修、暉峻康隆校注・訳、『江戸戯作草子』棚橋正博校注編（以上、小学館）／『小泉八雲　怪談奇談集上』小泉八雲、森亮訳、『心にとどめておきたい悲恋伝説』木村暁明と夢プロジェクト、『図説　遠野物語の世界』石井正巳、酒田秘一写真（以上、河出書房新社）／『鳥山石燕　図説百鬼夜行』高田衛監修、稲田篤信、田中直日編集、『日本古典文学コレクション　奇談』須永朝彦、『日本古典文学幻想コレクションⅡ　伝綺』須永朝彦編訳（以上、国書刊行会）／『東洋文庫97　日本霊異記』原田敏明、高橋真訳、『東洋文庫４７５　伽婢子1』江本裕校訂（以上、平凡社）／『ものしりシリーズ　諸国怪談奇談集江戸百物語　西日本編』人文社編集部、『ものしりシリーズ　諸国怪談奇談集江戸百物語　東日本編』人文社編集部（以上、人文社）／『日本の妖怪ＦＩＬＥ』宮本幸枝編著、『日本魔界伝説地図』東雅夫監修（以上、学研パブリッシング）／『現代語で読む「江戸怪談」傑作選』堤邦彦、『江戸の可愛らしい化物たち』アダム・カバット（以上、祥伝社）／『日本伝奇伝説大辞典』乾克己、小池正胤編、『室町時代物語大成　第八』横山重、松本隆信共編（角川書店）／『現代語訳　古事記』蓮田善明訳、『江戸怪談集　下』高田衛（以上、岩波書店）／『熊野鬼伝説―坂上田村麻呂英雄譚の誕生』桐村英一郎、『東北の田村語り』阿部幹男（以上、三弥井書店）／『江戸の怪談』にほんの歴史★楽会編集（静山社）／『江戸怪談集　伽婢子・狗張子』浅井了意作、藤堂憶斗訳（鈴木出版）／『江戸奇談怪談集』須永朝彦（筑摩書房）／『お伽草子事典』徳田和夫編（東京堂出版）／『怪異、妖怪、百物語～異界の杜への誘い～』小松和彦編著（明治書院）／『鬼と修験のフォークロア（内藤正敏　民族の発見）』内藤正敏（法政大学出版局）／『子供に読みたい日本の古典怪談』野火迅（草思社）／『図説　絵とあらすじでわかる！　日本の昔話』徳田和夫監修（青春出版社）／『図解日本全国おもしろ妖怪列伝』山下昌也（講談社）／『昔ばなし　あの世とこの世を結ぶ物語』吉川のり子（山川出版）／『昔話・伝統必携』野村純一編（学燈社）／『説教節を読む』水上勉（新潮社）／『信濃の民話―日本の民話1』瀬川拓男、松谷みよ子編（未来社）／『仙台叢書　第12巻』（宝文堂出版）／『日本の心　日本の説話3』馬淵和夫監修、説話研究会編著（大修館書店）／『図解雑学日本の妖怪』小松和彦編著（ナツメ社）／『民話の森』小沢さとし（総和社）

青春文庫

想《おも》いがつのる日本《にほん》の古典《こてん》！
妖《あや》しい愛《あい》の物語《ものがたり》

2017年4月20日　第1刷

編　者　古典《こてん》の謎研究会《なぞけんきゅうかい》

発行者　小澤源太郎

責任編集　株式会社プライム涌光

発行所　株式会社青春出版社

〒162-0056　東京都新宿区若松町12-1
電話 03-3203-2850（編集部）
03-3207-1916（営業部）
振替番号　00190-7-98602

印刷／大日本印刷
製本／ナショナル製本

ISBN 978-4-413-09668-3

ほんとうのあなたに出逢う ◆ 青春文庫

トラブルの種は心の中にある
「めんどくさい人」の心理

なぜ、あの人はトラブルをいつも引き寄せるのか？ 職場・家族・人間関係で人とモメない心理学

加藤諦三

(SE-664)

誰も知らなかった日本史
その後の顚末《てんまつ》

厳しい弾圧で「棄教」した二人のキリシタンの謎と真実…ほか結末に隠されたドラマに迫る！

歴史の謎研究会［編］

(SE-665)

子どもの心に届く「いい言葉」が見つかる本

その「ひと言」には、人生を変える力が宿っている——。悩める心に寄り添う珠玉の名言集。

名言発掘委員会［編］

(SE-666)

お金持ちになる勉強法

身につけたことが即、お金と夢につながる

何から勉強したらいいのかわからない人、スキルアップしたい人、お金につながる資格を知りたい人にオススメ！

臼井由妃

(SE-667)